세상에서 가장 행복해지는 책

세상에서 가장 행복해지는 책

초판 1쇄 발행 2005년 5월 11일
초판 3쇄 발행 2008년 1월 5일

지은이 | 이원구
펴낸이 | 양봉숙
편 집 | 허은희
디자인 | 양희영

인쇄 | 한영문화사
종이 | 화인페이퍼
제본 | (주)우진제책사

펴낸곳 | 예스북
출판등록 | 2005년 3월 21일 제320-2005-25호
주소 | (151-868) 서울시 관악구 신림1동 419-14
전화 | (02) 830-7827
팩스 | (02) 830-7837
E-mail | yesbooks@naver.com
www.e-yesbook.co.kr

ISBN 89-956675-1-6 03810

값 8,500원

세상에서 가장
'행복'해지는 책

예스북

프롤로그 ■ ■ ■

    생활하다 보면 가끔 생각나는 것이 있다. 대부분은 금세 잊어버리곤 하지만 어떤 것은 하루를 보내고 나서, 여행이 끝나고 나서, 또는 상당히 세월이 흐른 뒤에도 계속 기억에 남는다.

    예를 들면 이런 것이다. 어느 가을날 차를 몰고 여행길에 나섰는데 산 밑에 유난히 억새꽃이 많았다. 억새꽃이라고 하지만 사실은 열매이다. 갈대꽃보다 훨씬 희고 햇빛 속에서 밝게 빛나던 억새꽃!

    저 유구하다는 청산도 늙는가!
    귀밑머리가 하얗게 가을바람에 날리고 있다.

    내 마음속에 남아 있는 그때의 산과 억새꽃의 인상은 그러했다. 산이 사람이라면 억새꽃은 마치 희어진 귀밑머리처럼 보여서 '청산은 유구한데 인걸은 간 데 없네'라는 옛 시조의 구절을 무색하게 했던 것이다. 청산이 유구하다면 늙지도 않을 터인데 하얀 귀밑머리는 어찌된 일인가. 청산도 늙는다는 말인가?

　　이제 청산이 아니라 나 자신의 귀밑머리가 하얗게 세었다. 더 늙기 전에 나의 삶의 단상들을 책으로 엮어 본다. 이 책에 수록된 글들은 잡지에 게재했거나 라디오 심야 방송에서 낭송했던 원고들이다.

　　내가 이 책을 출간하는 이유는 세상 사람들의 생각이 나와 똑같지 않기 때문이다. 모두들 나처럼 생각하고 나와 동일한 경험을 가지고 있다면 내가 구태여 책을 쓸 이유가 없다. 그것은 너무 익숙하고 똑같은 친족들 사이의 근친결혼과 같아서 별로 얻을 것이 없다. 그렇다고 모두들 내 생각과 다르다면 역시 책을 쓸 필요가 없다. 개와 고양이가 다른 것처럼 너무 다르면 생각도 서로 섞을 수 없기 때문이다.

　　만일 누군가 이 책을 읽고 절반쯤 공감을 느끼고 절반쯤은 낯설다고 생각된다면 그것이 바로 내가 바라는 바이다. 생각과 생각이 섞여 들어가서 무언가 자그마한 변화가 일어날 가능성이 있기 때문이다.

　　크게 취할 것은 없더라도 혹간 읽는 이에게 즐거움이 된다면 천만다행으로 여기겠다.

2005년 5월
이 원 구

차 례 ■■■

세상에서 가장 행복해지고 싶은 이에게
들려주는 작은 속삭임.

바보마을이야기

학창 시절에 공부했던 영어 교과서에 실린 것으로, 바보들만 살았다는 영국의 Gotham 마을 이야기가 있다.

바보 마을 사람들이 모여서 회의를 한 끝에 건물을 한 채 짓기로 의견을 모았다. 큰 건물을 지으려면 많은 목재가 필요하였으므로 사람들은 산으로 올라가서 나무를 베어 마을로 운반해 왔다. 사람들은 개미떼처럼 열심히 일을 했다.

그런데 맨 마지막으로 목재를 운반하던 사람이 그만 실수를 저질렀다. 오랜 동안의 고된 일에 지쳐서인지 운반하던 목재를 놓친 것이다. 목재는 비탈길을 굴러서 저절로 마을까지 내려갔다. 이 광경을 지켜보고 있던 마을 사람들은 깜짝 놀랐다. 그처럼 간단한 이치를 몰랐다니! 스스로의 어리석음을 개탄한 그들은 다시 목재를 메고 산비탈을 기어올라 갔다. 그리고는 모든 목재들을 마을까지 다시 굴려 내린 후에야 비로소 만족해했다고 한다.

　나는 이 우스개 소리를 초등학교에 다니는 딸애에게 여러 번 들려주었다. 무슨 뜻이 있어서가 아니라 그저 단순한 심심풀이로 들려주곤 했는데 지금까지는 그 애도 퍽 재미있어 했다.

　그런데 오늘 아침 식사 시간에는 상황이 약간 달랐다. 녀석의 기분을 돋우어 주기 위해서 같은 농담을 꺼냈더니 하나도 우습지 않다는 표정이었다. 뿐만 아니라 하도 여러 번 들어서 훤히 다 아는 묵은 농담을 지겨워하는 듯한 눈치였다.

　"그래서?"

　나의 얘기 끝에 녀석은 웃지도 않은 채 나를 빤히 바라보며 되물었다. 그래서… 라고? 뒷 이야기를 듣고 싶다는 건가, 아니면 그게 무슨 의미가 있느냐고 묻는 것인가를 가늠하기 힘들어 나는 잠시 말을 잊었다.

　대학생들의 시위가 한참 격렬하던 1980년대, 내가 재직하던 대학교의 교정도 하루 종일 벌집을 쑤셔 놓은 듯 소란했

바보마을 이야기

다. 오후에는 투석전이 벌어져서 돌멩이가 어지럽게 날아다니고 최루탄이 콩 볶는 듯이 터졌다. 그런 난리는 바로 내 연구실 아래에서도 일어났다. 연구실이 3층에 있었는데도 유리창이 와장창 소리를 내며 깨지고 최루탄의 독한 냄새가 코를 찔렀다. 나는 연신 재채기를 해대며 눈물과 콧물로 범벅이 된 채 구멍 난 유리창을 종이로 급히 땜질하고 창 밖을 내려다보았다. 벌떼처럼 모인 학생들이 돌멩이를 던지고 물러나고, 또 던지고 물러나는 장면이 보였다. 간간이 화염병도 날았다. 그런가 하면 시위를 진압하는 경찰들은 갑충처럼 단단히 무장을 하고 한 손에 방패를 든 채로 버티고 서 있었는데 학생들이 던진 돌멩이를 집어 되던지기도 하고 요란스럽게 최루탄을 터뜨리기도 했다. 그러한 공방전은 오후 내내 계속되었는데 그들은 마치 서로 다른 세계의 인간인 것처럼 싸우고 있었다.

나는 또 한 번 생각에 잠겼다. 아무리 차림새와 입장이 달라도 학생과 경찰은 본질적으로 같은 존재가 아닌가! 아무리 접어두고 생각한다고 해도 최소한 같은 인간이라는 점을 부정할 수는 없다. 학술적인 명칭으로 말하자면 '호모 사피엔스(Homo sapiens)' 이다. '현명한 자' 라는 뜻이라고 들었다. 그런데 요즈음에는 현생 인류를 '호모 사피엔스 사피엔스' 라고 부르는 것이 정설로 되어 가는 경향이다. '현명하고 또 현명한 자' 라고나 해야 할까? '지혜롭기 원하는 존재들 중에 더욱 지혜롭고자 하는 자' 라고나 할까? 경찰도, 학생도 모두 '호모 사피엔스 사피엔스' 임에 틀림이 없다. 학생들을 '돌을 던지는 현명한 자' 라고 부를 수도 없는 일이고, 경찰에게 '최루탄을 쏘는 지혜로운 자' 라는 이름을 붙일 수도 없는 노릇이 아닌가? 그러므로 누구누구를 가릴 것 없이 모두 '지혜롭고 또 지혜롭기를 원하는 자' 라고 부르는 것이 공정하고 사려 깊은 처사일지도 모르겠다.

그러나 바보 마을 이야기를 되새겨서 판단해 보건대, 우리는 지혜가 너무 지나치게 강조되는 시대를 살고 있다는 생각이 든다. 이왕이면 어리석은 것보다는 똑똑한 편이 나을 것이다. 하지만 똑똑한 자들끼리 모여서 싸움만 하고 지낸다면 차라리 바보 마을에 사는 것만 못하리라. 또 세상일이란 얻는 것이 있으면 잃는 것이 따르게 마련이고 전적으로 나쁘기만 한 일도 없는 법이다. 우리는 바보 마을 사람들이 나무를 둘러메고 산기슭을 기어오르는 것을 비웃는다. 얼마나 어리석고 비능률적인 헛수고인가 하고 말이다. 그러나 우리는 바보 마을 사람들이 그 일 때문에 얼마나 즐거워했을 것인가 하는 점도 생각해 볼 필요가 있다. 통나무가 산

비탈을 굴러 내려가는 것을 보면서 그들은 얼마나 신기해하고 즐거워했을 것인가! 굴리는 통나무의 수가 많을수록 즐거움도 컸으리라. 그것은 현명한 머리로 생각해내는 능률이라는 것과는 전혀 다른 계산인 것이다.

이런저런 생각을 하다보니 딸애에게 대답할 말이 생각났다. 그래서 저녁 식사 시간에 다시 바보 마을 이야기를 꺼냈다.

"그래서 어떻게 되었느냐고? 바보 마을 사람들은 통나무 굴리기가 너무 재미있어서 나무를 자꾸만 잘라서 굴렸고, 덕분에 계획했던 것보다 더 크고 튼튼한 건물을 지었단다."

녀석은 비로소 만족스럽다는 반응을 보여 주었다. 🍀

좋은 생각

바보 이야기는 항상 재미있다.

보통 사람들은 관습에 눈이 가려져 있다.

바보는 어리석은 듯하면서도

보통 사람들의 가려진 눈을 뜨게 만들어주는 경우가

종종 있기 때문이다.

아들의 발

그 애가 텔레비전 앞에서 눈을 깜박이며 앉아 있을 때 이마를 덮은 머릿결이며, 두 볼을 흐르는 볼록한 선을 나는 새삼스럽게 바라본다. 제 엄마를 더 닮았다고들 하지만 설혹 나를 하나도 닮지 않았다 한들 어떠랴. 그 애가 그저 사랑스럽기만 한 데에는 달리 이유가 없다.

그의 작고 보드라운 두 발과 발가락들을 가만히 쥐어 본다. 이 작은 발로 그는 오늘 낮에 어디를 다녀왔을까? 엄마 아빠의 가슴을 뒤흔들어 놓고 미아신고까지 하게 하고…. 아무렇지도 않은 얼굴로 돌아온 녀석을 끌어안고 아내는 울음을 터뜨렸다.

어느새 이 두 발은 자신의 세계를 걷고 싶어하는가!

나도 안다. 그 애가 언제까지나 내 품 안에만 머무르지 않는다는 것을…. 이윽고 나는 늙은 뱃사공이 되어 나룻배를 내려서는 그 애의 두 발을 지켜보게 되리라. 그때는 비록 쓸쓸하고 못 미더워도 그 애의 발길을 붙잡지는 않겠다. 그러나 그때까지는 이 고운 두 발은 나의 주인. 나는 그를 위하여 기꺼이 마술 등잔 속의 충실한 하인이고 싶다. 🍀

좋은생각

전생에 부모는 자식에게 많은 빚을 진
빚쟁이였다고들 한다. 무조건적이고 무한한 때로는
무모하기까지 한 사랑을 주시면서도
늘 자식들에게 미안해하셨던 부모님.
그분들의 마음을 부모가 된 후에서야 겨우 알게 되었다.
끝도 없고 채워지지도 않는 것이
자식에 대한 부모의 사랑이라는 것을.

길들여지지 않는 본성

나는 고양이를 길러본 적이 없다. 고양이를 싫어하는 건 아니지만 그리 좋아하는 편도 아니기 때문이다. 가끔 보드라운 털을 쓰다듬어주고 싶을 때도 있지만 한밤중에 아기 울음 같은 고양이의 소리를 들을 때면 그나마도 사라져 버린다.

발정기가 되면 고양이는 시끄럽게 울어댄다. 대개는 두 마리의 소리가 들리지만 때로는 세 마리가 함께 울어대기도 한다. 어쩔 때는 맹렬하게 싸우는 소리도 들린다. 조심성 많고 조용한 평소의 행동과는 많이 다르다. 매일같이 그렇게 소란을 떤다면 고양이를 키울 사람은 아마 아무도 없을 것이다. 발정한 고양이는 왜 그렇게 시끄러운가?

이솝우화에 보면 사람을 사랑한 고양이의 이야기가 나온다. 고양이가 한 남자를 좋아하게 됐다. 그 남자가 고양이를 좋아하지 않은 것은 너무도 당연하다. 가슴앓이를 하던 고양이는 비너스 신을 찾아가 소원을 빌었고 비너스 신은 고양이를 매력적인 여성으로 바꿔 주었다. 덕분에 고양이는 자신이 사랑하던 남자와 결혼을 할 수 있게 되었다. 그런데 첫날밤을 치르는 신방에 우연히 생쥐가 한 마리 나타났다. 그러자 신부가 된 고양이는 그 생쥐를 냉큼 잡아먹어 버렸다. 아무리 비너스 신이라도 고양이의 성격까지 바꾸어 줄 수는 없었던 것이다. 그 모습을 본 신랑은 정이 천리나 떨어져서 도망가 버리고 말았다는 이야기이다. 인간의 탈을 쓰기는 했지만 본성이 그대로라면 이 이야기의 결론은 어떻게 해서도 비극으로 끝나게 되어 있다고 생각한다. 그 순간에 생쥐가 나타나지 않아도 첫날밤은 제대로 치르지 못했을 것이기 때문이다. 누가 고양이와 같이 난폭한 첫날밤을 보내려고 할 것인가.

고양이는 본래 맹수의 일종이기 때문에 싸우고 공격하는 것은 그들의 본성이다. 그들은 심지어 짝짓기를 할 때에도 싸움의 행동이 나타난다고 학자들은 말한다. 고양이들은 서로 할퀴고 물어뜯고 싸우고 소리를 지르면서 사랑하는 것이다. 생리적으로도 그들은 조용하게 사랑을 나누면 새끼를 밸 수 없도록 되어 있다. 그러므로 발정한 고양이들의 시끄

길들여지지 않는 본성

러움을 나무랄 것만도 아니다. 그들도 번식하여 자손을 남겨야 하지 않겠는가. 그것은 그들의 권리이다.

그들이 사나운 육식동물이 아니었다면 그러한 기묘한 습성도 형성되지 않았을 것이다. 오랜 세월 동안 사람의 손에 길들여졌다고는 하지만 본래의 할퀴고 물어뜯고 싸우기 좋아하는 본성은 남아 있는 것이다.

짐작컨대 고양이가 인간에 의존하는 것은 진심이 아닐 것이다. 어려서부터 기르면 주인에 대한 애정이 전혀 없지는 않겠지만 고양이가 사람과 함께 사는 것은 주인의 애정보다도 보호를 받을 수 있고 먹이를 얻을 수 있기 때문인지도 모른다. 말하자면 그놈은 제 마음에 들지 않으면 얼마든지 주인을 배반하고 숲으로 돌아가 야생생활을 할 수 있는 놈이다. 그래서 그런지 요즈음 들고양이가 급격히 증가하고 있다고 한다. 들고양이의 증가는 전국적인 현상으로 강원도 지역과 속리산에서도 매년 증가하고 있다는 소식이다. 얼마 전에 위도에 가서도 같은 이야기를 들었다. 들고양이가 증가하면 들쥐를 잡아먹으니 이로운 면도 있지만 한편으로는 다람쥐가 줄어들어서 자연보호 차원에서는 다소 문제가 되기도 한다. 다람쥐뿐만이 아니다. 고양이는 나무를 잘 타니 새들에게도 피해가 있을 것이다.

어찌 보면 그들에게는 야생생활이 더 어울린다. 사람들이 고양이를 좋아하는 것도 바로 그 길들여지지 않는 야성 때문이 아닌가 싶다. 🍀

좋은 생각

고양이의 눈은 매혹적이면서도
뭔지 모를 두려움을 느끼게 한다. 그 신비로움 때문에
과거의 중국인들은 고양이의 눈에서 사건을 읽었고,
켈트 족은 다른 세계의 문을 보았다고 한다.
내게도 고양이 같은 눈이 있어 보이지 않는 세계를
볼 수 있었으면 좋겠다.
행복, 사랑, 희망 같은 것들 말이다.

길들여지지 않는 본성

그림자 몰이

일터가 집의 서쪽에 있기 때문에 아침에는 그림자를 앞세우고 출근했다가 저녁에는 다시 그림자를 앞세우고 퇴근한다. 나는 지극히 서툰 목동과 같아서 아침마다 그림자를 몰고 나가지만 언제나 그림자는 하나일 뿐, 늘지도 줄지도 않는다. 그래도 이 '그림자 몰이' 가 외롭지 않은 것은 등 뒤의 따스한 햇빛 때문이다. 구태여 뒤를 돌아볼 필요도 없다. 그림자가 햇빛의 존재를 명확히 증명해주므로….

그렇다. 나는 태양을 등지고 허깨비 그림자를 따라 다니지만 태양은 한결같이 나를 잊지 않고 환한 빛을 보내준다. 햇빛은 스승처럼 머리를 쓰다듬어 주고, 친구처럼 어깨를

도닥거려주며, 아내처럼 허리를 껴안아 주고, 부모처럼 발걸음을 지켜 준다. 그러므로 뒤를 돌아보지 않아도 나는 그를 안다. 요즘처럼 볕이 화사한 날들에는 더욱 확실하게…. 🍀

좋은 생각

우리는 태양을 잊고 산다. 그러다가 문득
외로운 자신의 그림자를 볼 때 비로소
태양의 존재를 인정한다.
그 태양 밑에서 우리는 또 하루를 살아간다.

봄이 되면

새봄을 맞이한다는 것은 기쁜 일이다. 우리나라의 겨울은 길어서 3월에 들어서서도 그 여운이 길게 남아 있다. 그러나 우리는 3월을 엄연한 봄이라고 여기고 또 그렇게 대한다. 그것은 꼭 날씨가 얼마나 따뜻해졌느냐 하는 문제만은 아니다. 찬 기운은 채 가시지 않았지만 우리들의 마음속에는 벌써 봄이 와 있는 것이다. 3월은 완연한 봄이라고 불러 마땅하다.

학생들은 3월이면 한 학년씩 올라간다. 새로운 친구와 새로운 교실에서 새로운 기분으로 다시 시작하는 것이다. 학생들뿐만 아니라 직장인들도 봄이 되면 진급하는 사람이 많다. 진급한다는 것은 기쁜 일이다. 성취감을 느끼고 신선한 기분이 되는 것이다.

나도 어느 해 봄인가에 진급을 위한 서류를 갖추기 위하여 여러 곳을 여행한 적이 있었다. 항상 느끼는 일이지만 우리나라는 취직을 하거나 진급을 위한 서류가 너무 많고 복잡하다. 그래서 다소 짜증이 날 때도 있다. 그때 역시 주민등록등본, 호적등본, 각종 졸업증명서, 성적증명서, 병력증명서, 신체검사서 등을 세어보니 마흔 두 장이나 되었다.

여러 곳을 뛰어 다녀야 하고 시간도 없었던 탓에 다른 사람에게 서류 준비를 부탁하고 싶은 생각이 굴뚝 같았다. 그러나 그렇게 하지 않기를 잘한 것 같다. 시골과 서울을 오가며 서류 준비를 하는 동안 내가 살아온 과정을 찬찬히 뒤돌아보는 시간을 가질 수 있었던 것이다. 본적지에 들러 호적등본이며 신원증명서를 떼면서 내가 태어나고 자란 농촌의 정경을 바라보니 어렸을 때의 일이 주마등처럼 스쳐 지나갔다. 내가 이처럼 살아 숨쉬고 있는 것도 지금은 사라져 버리고 없는 많은 이들의 고통스러운 희생이 있었기 때문이라고 생각하니 숙연한 기분마저 들었다. 경력증명서를 떼기 위해 십여 년 전 근무하던 직장에 들렀을 때에는 이루 말 할 수 없이 착잡하기도 했다.

사무실에 낯선 여사무원이 있기에 "십여 년 전에 근무하던 사람인데 경력증명서를 떼러 왔습니다." 하고 말했다. 그러자 그 여사무원이 미처 대답도 하기 전에 다른 책상에 앉아 있던 키가 작달막하고 머리가 벗어진 사람이 일어나더니 "아니, 이거 이 선생 아니요?" 하며 반기는 것이었다. 모습은 많이 변했지만 옛날의 동료였다. 우리는 한동안 서로의 변한 모습을 살펴보고 또 옛날 모습을 떠올리면서 즐거워했다. 깊은 감회에 젖은 나는 문득 옛 상사를 떠올렸다. 많이 부딪히고 또 서로를 좋아하지도 않았던 그와의 기억은 지금까지도 마음속에 미묘한 앙금이 되어 남아 있었다. 그분이 아직 근무하고 있다는 얘기를 옛 동료로부터 들은 나는 두근거리는 마음으로 그의 사무실 문을 두드렸다. 문을 열고 들어간 사무실 안에는 머리가 하얗게 센 노인이 앉아 있었다. 그것은 내가 조금 전까지 상상하던 모습이 아니었다. 예전에는 그렇게 활기차고 깐깐하던 사람이 어느덧 흰머리의 노인이 된 것이다. 아무런 예고도 없이 불쑥 찾아온 나를 한참이나 물끄러미 바라보던 그분은 그제야 생각난다는 듯 와락 반가워했다. 식사라도 함께 하자고 권하는 것을 굳이 사양하고 귀향 버스에 올랐다.

버스 속에서 많은 생각을 했다. 그가 나에게 특별히 잘해 준 것은 없었다. 그는 나를 싫어했고 나 역시 그에게 많은 잘못을 했다. 그래서 그를 생각하면 항상 섭섭한 마음과 미안한 마음이 교차되곤 했다. 그런 면에서 쉽게 잊혀지지 않는 분이다.

생각해 보면 그와 같이 보낸 7년이란 짧지 않은 세월이 있었기에 오늘의 내가 있을 수 있었다는 것은 부인할 수 없는 사실이다. 돌이켜 보면 폐를 끼치고 도움을 받은 것이 어찌 그분뿐이겠는가? 나는 그 여행에서 예상치 않았던 커다란 수확을 얻었다. 지난 세월을 돌아보고 맺힌 매듭들을 조금이라도 풀 수 있었으니 여기저기 뛰어다닌 대가로는 충분하다고 생각한다.

연어라는 어류는 강에서 태어나서 바다로 나가 몇 년 동안 성장하다가 다시 자신이 태어난 강을 찾아온다고 한다. 그래서 알을 낳고 죽으면 새로운 새끼들이 바다로 먼 여행을 하게 된다는 것이다. 신기선의 〈연어 떼〉라는 시가 있다.

고향을 알고 있는 물고기
북태평양 깊은 바다 속에서
세계 각국에서 온 낯선 친구들과
한 4, 5년 동안 이야기하다가
고향을 잊지 않고 찾아오는 물고기
첫눈을 뜬 어린 몸으로 한 번 온 길을
2천 해리, 3천 해리의 여행에서

음양을 따라 방향을 잊지 않고

낙동강으로 두만강으로 찾아오는 물고기

제 물빛이 가까울수록

높은 폭포를 뛰어 오르고

공해에 오염된 물길을 거슬러

미친 듯이 춤추며

제 낳은 땅을 찾아오는 물고기

맑은 제 물 냄새

맑은 제 모래밭에서

기뻐서 기뻐서 알을 낳고 죽는

고향을 알고 있는 물고기

　봄이 되면 나무가 싹을 틔워 새 가지를 뻗어나가듯이 우리도 1학년에서 2학년으로, 고등학생에서 대학생으로, 또 사회인으로 한 단계 올라서게 된다. 이처럼 단계를 만들어 한 칸 한 칸 밟아나가는 것은 생활을 새롭게 자극하고 탄력을 불어넣는다. 한 계단 올라서면서 지나온 과정을 뒤돌아 보고 다시 앞으로의 여정을 점검해 보는 것도 얼마나 의미 있는 일인가! 🍀

좋은 생각

새해, 새봄, 새 학기… 산뜻하고 활기가 넘치는 말들이
다. 즐거운 마음에 자칫 올챙이 시절을 생각하지 못하는
개구리가 되어서는 안 되겠다.

바다의 선물

　　　　　　모처럼 바다낚시에 따라 나섰다. 머리도
식힐 겸 하루 짬을 내어 반복된 일상에서 벗어나 보자는 동
료들의 제안에 기꺼이 동조한 것이다. 장소는 변산반도의
남쪽에 있는 모항이라는 마을이었다. 워낙 조용한 곳이어서
찾는 사람도 없고 동네의 개들마저 짖을 줄을 몰랐다.

　낚시는 제법 잘 되었다. 망둥어가 많이 물어서 흠이었지
만 그런대로 도다리나 도미도 건져 올렸다. 모래밭에 웅덩
이를 팠더니 바닷물이 스며 올라왔다. 고인 물이 맑아지기
를 기다려서 잡은 물고기를 넣었다. 물웅덩이 곁에 앉아서
넓은 바다 위를 떠도는 어선이며 갈매기를 바라보노라니 더
없이 한가로운 마음이었다.

　그동안 나는 무엇 때문에 날마다 그리도 분주했던가? 내

간에는 무언가 낚으려고 나름대로 애도 써보았다고 생각하지만, 헛된 욕심의 바다를 서성이고 있었던 것은 아닐까? 우리가 평생 찾아 헤매는 것은 과연 무엇인가? 무심한 파도에 맥없이 스러지는 바닷가의 작은 물웅덩이에나 비할 수 있을지….

좋은 생각

바닷가는 사람의 마음을 허하게 만드는
무엇인가가 있다. 거대한 바다 앞에서 사소한 욕심은
작은 물웅덩이에 불과하다.
나는 그것이 진정한 바다의 선물이라고 생각한다.

인생 운전론

　　자동차 운전 면허증을 발급 받기 전에 두 시간에 걸쳐서 교통안전에 대한 교육을 받았다. 강사가 우스개 소리도 잘 하고 성실한 사람이어서 실제로 자동차를 운전하는 데 도움이 될 만한 말들을 많이 들을 수 있었다. 그는 특히 '운전은 인생 전부를 걸어 놓고 하는 것' 이라는 말을 몇 번씩이나 강조했는데 그의 오랜 경험에서 나온 지론인 듯 했다. 강의가 끝날 무렵에도 그는 다짐하듯 다시 한 번 물었다.

　　"여러분, 무엇으로 운전한다고요?"

　　어떤 재빠른 사람이 마음으로 하는 것이라고 대답했지만 그는 고개를 저었다.

　　"인생으로 운전하는 거라고요."

　　그의 '인생 운전론' 이 유난히 가슴에 와 닿았던 이유는 아마 운전 면허증에 얽힌 감회가 남달라서였을 것이다.

　내가 처음 운전을 배운 곳은 미국이었다. 얼마 동안 미국에 체류한 적이 있었는데 그때 배우게 된 것이다. 미국으로 떠날 때 주위 사람들은 운전을 배워서 가라고 충고를 해주었지만 일 년 동안만 체류할 예정이었으므로 귀 기울여 듣지 않았다. 또한 자전거도 타보지 않은 주제에 자동차를 움직일 수 있을 것 같지 않았고, 아무리 미국이라도 시내버스나 그와 유사한 탈것이 없으랴 싶었다. 그것도 없으면 그냥 걸어서 다니면 된다고 속 편하게 생각했던 것이다.

　그런데 그것이 그렇지 않았다. 미국은 자유의 나라라지만 내게 자동차가 없는 미국은 결코 자유의 나라가 아니었다. 자동차가 없으면 누가 못 가게 막는 것도 아니련만 유배지에 갇힌 것처럼 꼼짝 못하는 것이다. 일이 이렇게 되고 보니 운전을 배워 오지 않은 것이 후회막급이었다.

　어느 날 견디다 못하여 운전 학원에 전화를 했다. '마이크'라는 이름의 강사를 보내 준다기에 아파트 입구에서 기다리겠다고 약속을 했다. 약속시간보다 조금 늦게 나타난 그는 나를 차에 태우더니 어느 한적한 골목으로 데리고 갔다. 그리고 그곳에서 차를 몰도록 가르쳤다. 처음에는 아주 인적이 드문 골목에서 시작하여 차츰 복잡한 거리로 나가고 나중에는 고속도로나 가장 번화한 거리를 달릴 수 있도록 연습시키는 것이었다. 말하자면 실전을 통한 훈련이다. 퍽 위험할 것 같지만 그 대신에 차량이 특수하였다. 브레이크 장치가 두 개 나 있어서 위급한 순간이면 강사가 다른 하나를 사용할 수 있도록 되어 있었다.

대개의 미국인들처럼 마이크도 퍽 친절하고 이해심이 깊었다. 하지만 전혀 낯선 나라 사람들끼리 만났으니 어려운 일이 한두 가지가 아니었다. 언어만 해도 그렇다. 가장 쉬운 왼쪽, 오른쪽 같은 말이나 '예스'나 '노' 같은 말도 처음에는 결코 쉽지 않았다. 게다가 문화적 차이까지 있으니 때로 웃지 못 할 사태가 벌어지기도 하였다. 파티나 사교 장소에서의 사소한 오해라면 오히려 즐거움일 수도 있겠으나, 운전을 하면서 일어나는 오해는 결코 웃을 일이 아니었다.

"레프트로 돌라고? 가만있자… 그렇지, 레프트는 왼쪽이니까 왼쪽으로 이렇게…"

그렇게 중얼거리는 동안에 자동차는 방향을 잡지 못해 우왕좌왕하기 일쑤였고, 우회전하라고 했는데 좌회전하는 선으로 들어서는 일이 다반사였다. 그러나 그런 것은 괜찮았다. 브레이크와 악셀러레이터의 페달을 구분하지 못하고 밟을 때는 등골이 오싹해지는 것이었다. 아무런 경험이 없는 내가 생각해도 퍽 위험한 일이었다.

그래서 한번은 생각다 못하여 차를 세웠다. 그리고는 마이크에게 구두를 벗고 맨발로 운전하고 싶은데 어떻게 생각하느냐고 물었다. 두꺼운 구두보다는 맨발이 더 민감하니 페달을 더 쉽게 찾아낼 것이고 따라서 덜 위험하리라는, 내 깐에는 지극히 논리적인 생각에서 그렇게 물었던 것이다. 나의 질문에 마이크는 한참동안 무엇인가를 생각하는 듯 하였다. 그리고는 아주 조용한 목소리로 당신 나라에서는 신발을 신지 않고 다니느냐고 되물어 왔다. 이게 무슨 기가 막힌 소리인가! 나는 이 기상천외의 물음에 기겁을 하여 "오, 노!"라고 부인을 했다.

지금 생각해 보면 마이크는 내 기분이 상할까 봐 한참을 망설인 끝에 조용히 물어본 것이었고, 나는 너무나 놀라고 생각이 어지러워져서 더 이상 변명을 못했던 것 같다. 그러고 나서 곰곰이 생각해 보니 "노"라는 말도 실수였다. 나는 "그렇지 않아"라고 말하고 싶었는데 미국인이 들을 때는 "물론, 안 신고 다니고말고!"라는 뜻이 되지나 않았을까? 가만있자! 이런 때의 영어 문법이 어떻게 되더라? 실로 진땀이 흐르는 순간이었다. 이처럼 갈수록 태산이니 더 이상 섣불리 잘못 말했다가는 맨발이 아니라 팬티만 입고 다니는 미

인생운전론

개인으로 오해를 받지 않는다고 누가 보장하랴!

나는 마음을 달리 정했다.

"좋소! 나, 신발을 신고 운전하겠소."

그랬더니 마이크도 어차피 신발을 신고 운전을 하게 될 터이니 처음부터 그렇게 하는 것이 좋겠다는 의견이었다. 이렇게 해서 그네들 식으로 말하자면 또 하나의 해프닝을 겪었다.

생각해 보면 어려운 일이 어찌 언어장벽 뿐이었겠는가. 그래도 그처럼 고생스럽게 익힌 운전 솜씨 덕분에 나중에는 온 가족과 전 재산을 고물차에 싣고 수천 마일의 긴 여행을 하게 되었으니 이야말로 인생 전부를 걸고 운전한 것이 아닌가 싶다. 물론 안전 교육 담당관이 말한 '인생 운전' 과는 다소 의미가 다르지만 말이다. 🍀

좋은생각

인생의 운전을 자동차 운전에 비하랴.
실수도 많고 오해도 많고, 즐거움만 있는 것은 아니다.
다만 전적인 책임을 져야 한다는 것은 공통이다.

달의 추억

참으로 오랜만에 대하는 보름달이다. 아주 깨끗하고 맑은 모습이다. 휘영청 밝은 달을 보고 있노라니 사십 년 전 할머니의 등에 업혀 바라보던 달이 떠오른다. 숲과 호수를 비추던 달빛의 아름다움과 알 수 없는 공포 그리고 서글픔…. 전쟁으로 인한 굶주림과 고단함을 견디다 못해 산 너머 호수에 몸을 던지려던 할머니의 마음이 어린 내게도 전해진 것이었을까? 세상에 대한 인식의 눈을 뜬 후 머릿속에 최초로 각인된 그 기억은 오랜 세월이 흐른 지금도 또렷이 남아 있다.

아무튼 그때부터 나는 스스로의 역사를 갖기 시작했고, 갖가지 고통과 희열, 슬픔과 즐거움, 좌절과 희망을 등에 진 채 살아왔으며 살아가고 있다. 그리고 나의 최초의 기억은

달을 대할 때마다 한 가지 의문을 떠올리게 한다.

사람은 언제 이 세상에 오는가? 수태된 순간인가, 첫 울음을 터트리고 탯줄을 가르는 때인가, 아니면 인식의 눈을 뜨고 최초의 기억이 뇌리에 새겨지기 시작하는 때인가? 그도 저도 아니면 차라리 달빛 채워진 허공과 같아서 오지도 가지도 아니하는 것인가?

달은 알고 있으련만 언제나 말이 없다. 🍀

좋은 생각

결혼을 하고, 부모가 되고, 수많은 일들을 겪으며
반백을 넘게 살아왔지만 여전히 풀리지 않는
수수께끼들이 있다. 풀리기는커녕 더욱 어려워져만가는
삶의 의문들. 어쩌면 인생이란 그 의문들을 풀어나가는
긴 여정일지도 모르겠다.

대통령의 아내

우리는 흔히 뚱뚱한 남자를 보면서 그의 아내는 틀림없이 야윈 여자일 거라고 짐작해 보곤 한다. 얼굴이 못생긴 남자일수록 미녀를 아내로 맞이한다는 말도 있다. 그렇다면 마르고 각진 얼굴에 키가 193㎝나 되었던 링컨 대통령의 부인은 과연 어떤 사람이었을까?

미국의 제16대 대통령 링컨은 켄터키 출신이다. 실제로 켄터키에서는 일곱 살 때까지밖에 살지 않았지만 그는 어른이 되어서도 켄터키 사투리로 말했다고 한다. 링컨의 부인 역시 켄터키 사람이었다. '켄터키' 라는 말은 인디언들의 언어로 '싸움터' 를 뜻한다고 하니 켄터키는 인디언들조차 살기를 꺼렸던 오지의 하나였던 모양이다. 동쪽과 남쪽은 애팔래치아 산맥이 뻗어 와서 험한 산지를 이루고 있고, 북서쪽에는 비교적 반반한 평야가 펼쳐져 있다. 그렇다고 일리

노이나 인디애나의 그것처럼 끝없이 펼쳐진 드넓은 평야는 아니다. 물결치는 듯한 구릉들이 짙은 숲에 가려서 평야처럼 보일 뿐이다. 이 구릉지대는 켄터키의 노른자위로 그 안에 씨눈처럼 '렉싱턴'이라는 인구 30만의 도시가 자리하고 있다. 유명한 권투 선수 무하마드 알리가 자라났다는 인구 백만의 '루이빌'이 경내에 있기는 하지만 켄터키의 문화, 교육, 의료의 중심지라면 누구나 렉싱턴을 꼽는다.

링컨 대통령의 부인인 '메리 토드' 여사의 친가는 이 도시에서도 최고의 상류 사회에 속하는 집안이었다. 친정아버지가 은행장이었고 할아버지는 장군이었다. 외가는 더욱 화려해서 해군 장관, 주지사, 장군들을 배출한 명문이었다. 집의 규모 역시 정원이며, 노예가 살던 건물을 합치면 32에이커나 되었고, 정원 안에는 시냇물까지 흐르고 있었다고 한다. 하지만 지금은 시의 중심인 '웨스트 메인'가에 본채만 남아서 기념관으로 공개되고 있다.

나는 이 도시에서 체류한 관계로 어렵지 않게 그 집을 찾아볼 기회를 가질 수 있었다. 적갈색의 이층 벽돌집은 외관만으로는 그리 대단해 보이지 않았으나 내부의 꾸밈새나 가재도구들은 매우 호사스러웠다. 식당에는 푸른색 무늬의 접시며 도자기들이 장식되어 있었는데 모두 중국에서 수입해

온 것이라고 하였다.

토드 여사는 어렸을 때 어머니를 여의긴 했지만 갖가지 장난감이며, 인도의 공주나 사용함직한 지붕이 달린 호사스러운 침대며, 대서양을 건너왔다는 피아노 등이 들어 찬 방을 보니 그다지 불행한 소녀 시절을 보낸 것은 아니었던 듯했다. 그녀는 또한 당시의 최고급의 교육을 받아서 불어를 영어와 다름없이 유창하게 구사하였으며 당시로서는 좀처럼 찾아보기 힘든 현대적인 여성이었다.

한 가지 신기한 것은 여사가 어렸을 때부터 자신은 대통령의 부인이 될 것이라고 말하곤 했다는 것이다. 그것이 단순한 소망이었는지 아니면 자신의 운명을 예감하고 한 말이었는지 는 알 길이 없다. 하기야 그만한 집안에서 그만한 교육을 받고 자랐으면 대통령 부인의 꿈을 갖는 것도 크게 이상할 것은 없으리라. 그런 그녀가 고른 결혼 대상자가 학교교육이라고는 거의 받아보지 못하고 비천한 막노동꾼 출신의 링컨이었다는 것은 대단히 역설적으로 느껴진다. 또 한편으로는 그러한 링컨이 결국 대통령의 지위에 올랐으니 어찌 보면 무섭도록 영민한 여성이었다고도 할 수 있겠다. 아무튼 링컨도 그의 부인인 토드 여사도 정치와 권력에 대한 야심이 많은 성격이었으며, 둘이 합심해서 꿈을 성취해냈으니 좋은 짝이었다고 생각된다. 그러나 정작 두 사람의 결혼 생활은 그다지 단란하지는 못했던 모양이다. 나는 안내하는 여자에게 링컨이 그 집에 들른 적이 있는지를 물어 보았다.

"물론 다녀갔지요. 그뿐만 아니라 이런 일화도 있답니다."

안내원은 어느 방으로 우리를 데리고 갔다. 그곳은 대단히 넓은 응접실이었다.

"저쪽 의자를 보세요. 저것은 하나의 나무를 깎아서 만든 값진 것입니다만 호사스러운 의자가 대개 그렇듯 다리가 짧습니다. 다리가 긴 링컨은 저 의자가 불편했지요. 원래 농담과 장난을 좋아하는 성격의 그는 저것을 거꾸로 뒤집어 놓은 다음 그 위에 걸터앉았더랍니다. 그러한 행동은 토드 여사를 몹시 화나게 했지요. 그녀는 그런 거칠고 버릇없는 행동을 용납하는 성격이 아니었답니다."

링컨은 방바닥에 긴 다리를 뻗고 누워서 책을 읽는 것이 큰 즐거움이었지만 그것을 목격하는 토드 여사에게는 견딜 수 없는 괴로움이었다는 것이다. 서로 자라온 환경이 너무나 달랐기 때문에 불편한 일이 많았으리라는 것은 상식적으로 생각해 보아도 충분히 짐작이 간다.

이층의 어떤 방에 이르니 토드 여사가 모아둔 옷이며 장신구가 진열되어 있었다. 그 중에서 가장 눈에 띄는 것은 까만 옷, 까만 구두, 까만 면사포, 까만 장갑과 부채였다. 여사는 링컨 서거 이후, 64세로 세상을 마칠 때까지 검은 복장을 하고 지냈다고 한다. 뿐만 아니라 점차 빛을 싫어하게 되어 만년에는 검은 커튼을 치고 지냈다는 것이다. 안내원의 말로는 여사의 뇌에 종양인가 뭔가가 생겨서 정신질환을 앓았다고 한다. 그래서 입지도 않을 비단옷을 자꾸만 사들이고 대낮에도 어두운 방에서 촛불을 켜 놓고 앉아 있었다는 것이다.

그러나 도대체 누가 한 인간의 깊은 영혼의 세계를 헤아려서 이러쿵저러쿵 이야기 할 수 있단 말인가! 우리는 기껏 그녀의 겉모습만을 말할 수 있을 뿐이다. 어느 방에 걸린 부인의 초상화를 보니 살집 좋은 둥근 얼굴이었다. 키도 크지 않았다고 했다. 그리고 보면 링컨 부처에 대해서만은 우리의 짐작이 아주 잘 들어맞는 셈이다. 🍀

좋은생각

링컨 대통령은 극적인 인생을 살았다.
그가 결혼한 반려자도 평범한 사람은 아니었다.
최소한 외견상으로는 두 사람이 많이 달랐다.
그러나 그들은 '부부'라는 이름 아래 긴 세월을
함께했다. 부부(夫婦), 연분의 긴 실로 이어진
그 아름다운 인연으로 말이다.

어느 남녀

새해 아침, 길거리에서 한복을 곱게 차려 입은 한 쌍의 남녀를 만났다. 남자는 키가 크고 말랐으며 다리를 절었다. 예쁜 선물 꾸러미를 들고 있는 여자는 키가 작은 곱사등이었다. 그 두 사람은 서로의 손을 꼭 붙잡고 다정하게 걸어오고 있었다. 여자는 짧은 고개를 들어 줄곧 남자의 얼굴을 바라보았고, 남자는 빙그레 미소를 지으며 여자를 내려다보았다. 새해 아침에 많은 부부를 만났지만 이처럼 단란한 모습의 남녀는 처음 보았다. 여자는 하느님의 기적인 양 남자를 보고 있었고, 남자는 천하를 얻은 것보다 더 만족한 표정이었다. 둘은 행여 놓칠세라 서로의 손을 꼭 쥐고 있었다.

세상에 완전한 사람이 과연 있을까?

남자와 여자라는 것 자체가 그렇다. 하느님은 남자라는

불구자와 여자라는 불구자를 만들어 서로를 찾고 의지하도록 하셨다. 새해 아침에 고운 한복을 입고 손잡고 걸어가던 그 남녀는 그들 자신의 불구를 스스로 알기에 행복한 사람들이다. 🍀

좋은생각 🌿

완전한 사람은 없다.
완전한 여자와 남자도 없다.
서로 의지하고 살아가는 불완전한 존재일 뿐이다.
그 불완전 속에서 완전을 꿈꾸는 사람들.
그들이 있어 세상은 변하고, 진화하고,
또 아름다워진다.

토머스 링컨의 통나무집

링컨의 부모는 첫 딸을 낳은 후 '홋젠빌'
이라는 마을 남쪽 구릉지대의 언덕 위에 통나무집을 짓고 이
사를 했다. 그곳은 링컨의 탄생지라 하여 지금은 성역화되
어 있다. 링컨의 나이를 상징하는 쉰여섯 개의 계단을 밟고
올라가니 화려한 대리석 건물이 나타나고 그 안에는 세상에
서 가장 초라한 통나무집 한 채가 들어 있었다. 통나무를 다
듬어 귀를 짜 맞추고 나무 틈새를 흙으로 메운 상자 같은 단
칸방인데 마루도 깔지 않은 맨 땅바닥이었다. 웅장한 대리
석의 벽에 둘러싸여 있어서 더 작고 볼품이 없어 보였던 것
일까? 그곳은 생활의 보금자리라기보다는 마치 살아남기
위한 은신처처럼 보였다.

그 집에서 그들은 그다지 오래 살지 않았다고 한다. 토머
스 링컨은 '노브 크리크' 라는 곳에 농장을 마련하여 가족들

을 이주시켰다. 농장이라고 해도 통나무집 뒤로 펼쳐진 그다지 넓지 않은 산골짜기를 개간한 것이어서 대단하지는 않았지만 그래도 그때가 토머스 링컨에게는 제일 잘 살던 시절이었다고 한다. 언덕 위에 집짓기를 좋아하는 토머스 링컨의 평소 취향과는 달리 그곳의 통나무집은 골짜기 밑에 자리를 잡아서 퍽 아늑하게 느껴졌다. 링컨이 철이 나고 처음으로 학교에 다니기 시작한 것도 그곳에서의 일이었다고 한다.

그 집은 그 뒤에 다른 농부가 인수해서 옥수수를 넣어 두는 곳간으로 썼다고 하는데, 하긴 그런 용도로는 안성맞춤일 것도 같아 보였다. 그나마 나중에는 헐어내서 불쏘시개로 해버렸다고 한다. 지금 그 장소에 서 있는 집은 그 농부의 아들이 기억을 더듬어서 다시 복원해 놓은 것으로 돈을 내면 얼마든지 내부를 구경할 수 있었다.

토머스 링컨은 토지 소송관계에 얽혀 들어서 켄터키의 비옥한 땅을 포기하고 이번에는 멀리 인디아나 주로 이사를 하였다. 그런데 인디아나 숲 속에 지은 통나무집은 더욱 가관이었던 모양이다. 두 그루의 나무 사이에 세 면만 있는 집을 짓고 나머지 한 면은 가죽으로 덮었다는 이야기가 전해 오고 있다. 그러한 허술한 건물이 지금까지 남아 있을 리 없다. 그러나 집터는 아직도 남아 있었다. 나지막한 석벽을 둘러서 보호하고 있기에 안을 넘겨다보니 부스러진 문지방이며 기둥의 그루터기들을 청동으로 본을 떠서 보전하고 있었다. 미국인들에게는 그러한 사소한 흔적조차도 영구히 보존할 가치가 있는 탓이리라. 그 장소야말로 링컨의 뼈가 굵은 곳이었다. 링컨도 그의 아버지처럼 고용살이, 날품팔이, 뱃사공 노릇을 하면서 그곳에서 여덟 살짜리 어린이로부터 스물 한 살의 청년으로 자라났던 것이다.

집터는 나지막한 언덕 위에 있었는데 주위에 약간의 터가 밭으로 개간되어 있을 뿐, 사면이 울창한 숲으로 둘러싸여 있었다. 그 숲 사이로 난 길을 따라서 맞은 편 언덕에 오르니 낸시 행크스의 무덤과 비석이 있었다. 그녀는 인디애나에 이사 온 지 두 해 만에 서른다섯의 젊은 나이로 세상을 떴다. 사생아로 태어나서 가난한 농부와 결혼하여 딸 하나와 아들 하나를 남겼으나 그 아이들이 장성하는 것마저 보지 못하고 눈을 감은 것이다. 그러나 오늘날에는 그녀의 무덤 앞에서 그녀가 겪었던 가난과 노고를 생각하며 비감에 젖지 않는 사람이 없다. 한편 토머스 링컨은 일흔 둘의 수를 누렸지만 평생 가난에서 벗어나지를 못했고 역시 아들이 영예롭게 되는 것도 보지 못하였다.

모르기는 하되 링컨의 부모도 자신들의 신세를 한탄하기도 했을 것이고 때로는 뜻대로 되지 않는 세상살이를 탓하기도 했으리라. 그러나 만일에 그들이 지금 다시 살아서 옛 고향을 둘러본다면 어떨까? 자신들의 투박한 손으로 엮은 오막살이집이 어떤 위대한 조각가의 작품처럼 대리석 건물 속에 모셔져 있고, 썩다 남은 나뭇조각마저 아까워서 청동으로 본 떠져서 소중하게 보관되어 있다면 그것을 믿을 수 있을까? 그리고 보면 무엇을 두고 우리는 우리의 인생이 실패했다고도 하고 성공했다고도 하는지 알 길이 없다. 🍀

좋은생각

링컨 대통령 부모의 삶은 우리나라의 가난하고 무식한
농부의 그것과 다를 바 없었다. 무엇 때문에
그 고생스러운 삶을 살았느냐고 묻는다면,
그 대답은 아마 신만이 하실 수 있을 것이다.

노인 삼고(三苦)

아버지께서 편찮으시다는 연락을 받고 사시는 아파트로 달려갔더니, 문은 잠기지 않았는데 집 안은 텅 비어 있었다. 가슴이 덜컥 내려앉았다. 무슨 전언이라도 남기지 않으셨나 하여 방안을 둘러보는데 마침 작은 수첩 하나가 눈에 뜨였다. 아버님의 손때가 절은 그 수첩을 뒤적여 보니, 다음과 같은 메모가 적혀 있었다.

'노인 삼고(老人三苦)'

'건강, 고독, 경제'

아마도 친구 분들과의 대화 내용 중에 공감하신 바를 적어 놓으신 듯 했다. 조금 있으니 아버지께서 돌아 오셨다. 아파트 주변을 산책하고 오셨다는 말씀에 절로 안도의 숨을 내쉬어졌다.

"내 마음으로는 아무런 병도 없는 것 같아."

나의 걱정에 담담하게 웃으시던 아버지는 그로부터 한 달 후에 세상을 뜨셨다. 병환 중임을 알았을 때는 이미 늦어 있었다. 늦어도 너무 늦었다. 그분의 가슴속에 숨겨두고 드러내지 않으셨던 '노인 삼고'를 자식이 알았을 때는 이미 늦었다.

"빨리 쾌차하셔서 아들집에도, 딸들 집에도 돌아다니셔야죠." 하고 위로해 드릴 때는 너무 늦었다.

"아들도 무섭고 딸들도 어렵더라."고, 희미하게 웃으시던 때는 이미 너무 늦어 있었다. 🍀

좋은 생각

부모는 그들의 죽음까지도 자식들에게
선물로 주고 가신다는 얘기가 있다. 부모가 된다는 것은
얼마나 위대한 일인가! 귀밑머리 하얗게 된 지금도 나는
여전히 어린 아이처럼 내 부모가 그립다.

아침 식사

어떤 사람은 아침 식사를 하지 않는 것이 더 좋다고 하고, 또 어떤 사람은 아침 식사를 거르지 말라고 한다. 모두 건강 문제의 전문가들이 하는 이야기이기 때문에 양쪽 다 타당한 논리를 가지고 있는 듯 하다.

아침 식사를 하지 말라고 하는 사람들은 위장을 좀더 쉽게 놔두어야 한다고 얘기한다. 저녁에는 잠을 자기 때문에 에너지 소모가 적으므로 아침 식사를 하지 않아도 활동을 하는 데에는 아무 지장이 없다는 것이다. 그럴 바에는 위장을 푹 쉬게 하고 몸속에 쌓인 노폐물을 충분히 배출하도록 하는 것이 좋다는 게 그들의 주장이다.

나는 그들의 충고에 따라 몇 달 동안 아침 식사를 거르는 생활을 해보았다. 그것은 결코 쉽지 않은 일이었다. 식욕은 어떻게 이겨낼 수 있었다. 얼마 동안은 고통스러웠지만 나중에는 습관이 되어 견딜 만했다. 그러나 건강은 별로 나아지는 것 같지 않았다. 아침을 먹지 않는 대신에 점심을 많이 먹게 되고 저녁에 과식하는 경향도 생겼다. 그리고 무엇보다 때아닌 멀미 증세에 시달리게 되었다. 며칠 동안 서울로 출장 갈 일이 생겨 고속버스를 타게 되었는데 이상하게 멀미가 나는 것이었다. 그것은 시내버스를 탔을 때도 마찬가지였다. 처음에는 서울의 공기가 너무 탁해서 그런 것이 아닌가 생각했는데 차츰 공기 때문만은 아니라는 생각이 들기 시작했다. 분명 뱃속에 무언가 이상이 생긴 것이다. 어쨌거나 서너 달 동안 충실히 지키던 '아침 식사 고행'은 서울에서의 출장 기간 동안 본의 아니게 중단되고 말았다. 서울에 있는 동안 다른 사람과 같이 생활하면서 나만 별나게 행동할 수는 없는 터라 아침 식사를 다시 하기 시작했는데 그러자 언제 그랬냐는 듯 멀미 증세도 말끔히 사라져 버렸다.

더 오랫동안 아침 식사를 하지 않았다면 효험을 보았을지도 모를 일이다. 그러나 경험에 비추어 보았을 때 아침 식사를 하지 않는 건강법은 그 자체만이 아니라 모든 생활이 변해야 가능하다. 나는 어리석게도 아침 식사만 건너뛰면 모든 것이 좋아질 것으로 생각을 했고 점심과 저녁은 마음껏 먹고 마셨던 것이다. 그것은 결과적으로 고르게 세끼 식사를 하고 많이 먹지 말라는 평범한 충고보다 더 바람직하지 못한 결과를 가져왔다. 그러므로 근본적인 생활의 변화가 일어나지 않는 한 아침 식사를 하는 것이 좋으냐, 나쁘냐 하는 논의는 별 의미가 없다고 본다. 무슨 음식은 건강에 좋고, 무슨 음식은 나쁘다고 하는 것도 꼭 들어맞는 것은 아닌 듯싶다.

채식이 좋으냐, 육식이 좋으냐 하는 논의도 마찬가지라고 본다. 본래 인간은 채식을 하면서 살았다고 하는데 채식동물은 하루 종일 조금씩 여러 번의 먹이를 먹는다. 식물에는 많은 영양가가 담겨져 있지 않으므로 채식만 하는 동물은 많은 양을 먹어야 한다. 그래서 위장도 길어졌다. 그러나 한꺼번에 많이 먹을 수 없으므로 자주 먹게 되는 것이다. 그렇다고 보면 인간의 선조 역시 식사를 여러 번 나누어 했을 것이다. 그러다가 차츰 사냥을 하여 육식을 하게 되면서 자주 먹을 필요가 없어졌다. 육식은 영양가가 많기 때문이다. 따라서 위장도 짧아졌다. 만일 인간이 전적으로 육식만 한다면 식사를 자주 할 필요가 없을 것이다. 몽고인들은 하루에 한 번 식사를 한다고 들었다.

현대인은 대부분 육식도 하고 채식도 한다. 그래서 인간의 위장은 육식동물과 채식동물의 중간 정도의 모습을 하고 있다. 서양인들은 육식을 많이 하고 동양인들은 채식을 많이 하지만 그것은 문화적인 배경의 소산일 가능성이 크다. 그러므로 채식동물처럼 자주 먹을 필요는 없지만 육식동물보다는 많이 먹어야 한다. 하루에 세 끼면 적당할 것이다. 이것은 오랫동안 인류가 시험해서 정해놓은 습관이다. 나는 하루 세 끼를 다 먹는 쪽에 찬성한다. 그러나 많은 양을 먹는 것은 반대다. 본래 인간은 그렇게 많이 먹도록 되어 있지 않다. 음식을 구하기가 쉽지 않았기 때문이다. 그런데 최근에 이르러 농업과 축산의 발달로 음식물을 쉽게 구하게 되면서 과다하게 먹기 시작한 것이다.

한 의과대학 교수의 말이 생각난다.

"인간의 위장은 쓰레기통이 아니지 않습니까."

과거에 우리는 밥알 한 톨이라도 쉽게 버릴 수 없었다. 그러나 남는 음식을 아깝다고 주섬주섬 먹다보면 살이 쪄서 건강을 해칠 염려가 있다. 먹을 만큼만 먹고 나머지는 쓰레기통에 버려야 하는 시대가 되었다. 그 의대 교수는 아침에는 왕처럼 먹고 저녁에는 거지처럼 먹으라고 권한다. 아침 식사를 많이 하라는 충고는 과식하지 말라는 충고로 받아들이고 싶다. 아침 식사는 대부분 과식하지 않는다. 아무리 음식이 푸짐하고 즐거운 분위기라고 하더라도 아침에 허리띠를 풀고 먹을 정도로는 되지 않는다. 또 그럴 시간도 없다.
이 충고는 우리의 옛 관습과 많이 일치된다. 옛날 시골에서
는 정말 귀중한 손님은 아침 식사에 초대를 했다. 생일날 아
침에 미역국을 끓여 내면서 이웃 손님을 초대하는 것인데
그때 초청을 받는 사람은 가족처럼 아주 친한 사람이었다.
우리나라에서는 아침 식사가 그처럼 성찬으로 생각되었으
며 저녁 식사는 한술 뚝 뜨고 자는 것으로 족했다. 아침 식
사를 잘 하고 든든한 배를 쓰다듬으며 먼 길을 떠나는 나그
네의 이미지이다. 아침 식사는 과학적인 면을 떠나서 정서
적으로 우리와는 친밀한 관계에 있다.

어찌되었든 과식하지 않는다면 무엇을 먹은들 어떠랴
하는 생각이 든다. 음식을 고르게 소량으로 먹는다면 구태
여 아침 식사나 점심 식사를 거르지 않아도 되지 않을까
싶다. 🍀

좋은 생각

다이어트나 식사요법을 하는 것은 건
강을 위한 조치이다. 그러나 과격한 변화를
주지 않도록 하는 것이 좋을 것 같다.
무슨 일이든 점진적으로 개선하는 것이 중요하다.

배부른 상어

수족관의 유리벽 너머로 상어를 본다. 너울거리는 물그림자의 그물눈을 뚫고 거뭇한 몸뚱이가 유유히 다가왔다 멀어져 간다. 상어가 매끈한 꼬리를 여유 있게 흔들며 헤엄치는 것을 보면서 나는 마치 깊은 바다 속에 빠져든 것 같은 환상에 젖는다. 바다 속은 꿈의 꽃밭처럼 산호, 말미잘, 갯지렁이들의 촉수가 화사하게 펼쳐져 흔들흔들 춤추고 있으리라. 거기에도 신이 있다면 그는 상어와 같은 모습을 하고 있지 않을까?

상어는 악마처럼 잔인하면서도 신과 같은 기품이 있다. 곧은 몸뚱이를 한순간에 뒤집어서 진로를 바꿀 때 그는 우아하다. 뾰족 내민 코끝으로 피비린내라도 맡아 갈망으로 온몸이 팽팽해질 때 그는 지혜롭다. 세모꼴의 지느러미로 물살을 가르며 전력 질주하는 그는 싱싱한 활기에 넘친다.

흰자위 많은 눈으로 흘겨보며 초승달 모양 입 속의 이빨을 갈 때 그는 냉혹한 위엄이 있다. 쩍 벌린 아가리, 물어뜯는 통쾌함, 성난 말처럼 길길이 뛰며 몸부림치며, 그래서 증오에 순수해진 그는 아름답다. 그러나 이윽고 서서히 가라앉는 느슨한 몸뚱이, 배부른 나무토막 하나. 포만으로 평화스러워진 상어는 한 마리의 아둔한 물고기일 뿐이다. 🍀

좋은 생각

배가 부르면 아무리 진귀한 음식도
그 진맛을 모르기 마련이다. 그것과 마찬가지로
늘 행복 속에서 사는 사람은 자기가 가진 행복이
얼마나 큰 것인지 모른다. 늘 배부르고, 늘 즐겁다면
그것은 행복이겠는가, 불행이겠는가?

백원으로 얻은 인격

오래 전 일이다. 점심 식사를 마치고 볼 일이 있어 시내에 나간 적이 있었다. 그때 골목길에서 초등학교 3, 4학년쯤 되어 보이는 남자 아이가 내게 다가왔다. 그 아이는 조심스럽게 내 얼굴을 올려다보면서 말을 꺼냈다.

"아저씨, 죄송한데요, 20원만 빌려 주실 수 있으세요?"

"20원은 무얼 하게 그러니?"

"집에 전화를 하게요. 학교 끝나고 돌아다니다 보니 집에 갈 시간이 많이 늦었어요. 엄마가 걱정하실 것 같아서 전화 먼저 드리려고요."

주머니를 뒤지니 100원짜리 동전 한 개가 손에 잡혔다. 나는 그것을 아이에게 건네주었다. 아이는 고맙다고 인사를 하고는 달아나듯이 뛰어 갔다. 나 어렸을 때와는 달리 요즘 아이들은 참 똑똑하다는 생각을 하며 아이의 뒷모습을 바라

세상에서 가장 행복해지는 이야기

보노라니 문득 최전승 교수의 얘기가 떠올랐다.

　최전승 교수는 내가 존경하는 대학교수 중의 한 사람으로 나와는 동갑내기여서 얘기를 나누다 보면 서로 공감하는 부분들이 많다. 그가 어느 날 자신의 학창시절 얘기를 들려주었다. 수원이 고향인 그는 서울에서 고등학교를 다녔다고 한다. 하루는 수원에 내려가려는데 차비가 없더란다. 차비를 빌릴 요량으로 서울의 어느 친척집을 찾아가긴 했지만 차마 입이 떨어지지 않아 그냥 나오고 말았단다. 그래서 결국 서울에서 수원까지 걸어갈 수밖에 없었다는 얘기였다.

　얘기 끝에 그는 스스로를 앞뒤로 꽉 막힌 사람이라고 평했지만 나 역시 그 상황에서라면 최 교수처럼 행동할 수밖에 없었으리라는 생각을 했다. 우리 세대의 사람들치고 그와 비슷한 경험을 하지 않은 사람이 몇이나 되겠는가. 그러한 우리들의 세대에 비하면 요즘의 아이들은 꽤나 영리하다. 나에게 돈을 빌린 아이 역시 엄마의 걱정하는 마음을 헤아려서 그런 건지, 아니면 야단맞지 않도록 사전 공작을 한 것이었는지 모르겠지만, 어느 쪽이 되었든 간에 대단히 영리한 것만은 사실이다.

　아마 그 아이는 골목을 지나가는 사람들을 잘 살펴보았을 것이다. 그리고 어떤 사람에게 부탁해야 전화비 20원을 빌릴 수 있을 것인가를 궁리했을 것이다. 저 아저씨는 배가 나오고 머리에 기름을 발랐으니 돈은 많겠는데 조금 무서워 보인다. 저 아줌마는 옷을 잘 차려 입었고 예쁘지만 까다로울 것 같다. 저 형은 실직자 같은데? 저 누나는 차비 밖에 없을 것 같아…. 이런저런 생각을 하면서 적당한 사람을 물색하고 있었을 것이다. 그러다가 마침내 기다리던 사람을 찾아냈을 것이다. 저 사람 같으면 20원을 꾸어줄 만하고 불필요한 설교도 늘어놓지 않을 것 같다. 그러한 판단은 재빨라야 한다. 아니면 순식간에 지나가 버리기 때문이다. 그 아이는 절호의 기회를 놓칠 만큼 둔하지 않다. 그래서 그 아이는 많고 많은 사람 중에서 나를 택하여 손을 벌린 것이리라. 그리고 결과는 예상했던 대로여서 만족스러운 기분으로 그 자리를 뜰 수 있었다.

나는 아이가 요구하는 액수의 무려 다섯 배가 되는 100원을 빌려주고도 기분이 나쁘지 않았다. 내가 돈을 빌려 준 것이 교육적으로 잘 한 일인지 아닌지는 모르겠지만 나에게는 최소한 그 아이가 안심하고 20원을 요구할 만한 인품은 있다는 의미가 아니겠는가!

나는 일터로 돌아오려고 시내버스 승강장에서 멈추었다. 버스요금을 준비하려고 주머니를 뒤져보니 100원짜리 동전

한 개가 나왔다. 그러나 그것이 전부였다. 그것으로는 버스 요금이 되지 않는다. 아차! 나는 전 재산의 반을 그 아이에게 주어버렸던 것이다.

무슨 일인가 일화를 이야기하는 중에 최전승 교수가 나에게 했던 말이 생각난다.

"나도 앞뒤로 꽉 막힌 사람이지만 이 형은 나보다 약간 더 막혔군요."

그때 나는 반문했다.

"앞뒤로 뿐만 아니라 옆으로도 막힌 셈인가요?"

생각해보면 그때의 그 농담이 맞다. 전후좌우 사정을 살펴볼 수 있는 사람이라면 차비가 얼마나 남았는지를 미리 헤아렸어야 하지 않은가 말이다. 어찌어찌하여 무사히 일터에 귀환할 수는 있었지만 그때는 참으로 아슬아슬한 상황이었다고 기억된다. 돌아갈 차비가 부족해서만은 아니었다. 만일 그때 내 주머니에 100원짜리 동전 두 개마저 없었더라면 어떻게 되었을 것인가? 순진한 아이가 철석같이 믿고 "아저씨, 20원만…" 하고 손을 내밀 때 나의 꼴을 생각하면 지금도 얼굴이 붉어진다. 어린 아이에게까지 "어쩐지…"라는 말을 들으며 나에게 남겨진 최후의 보루인 인격마저 송두리째 부정되는 신세가 되고 싶지는 않은 것이다. 사방이

막힌 것은 어쩔 수 없다고 하더라도 위쪽까지 막혀서야
사람 꼴이라고 할 수 있겠는가! 그래도 역시 나는 운이 좋
았다. 🍀

좋은생각

세상에는 똑똑한 사람들이 참 많다.
그들이 있어 세상은 발전하고 또 풍요로워진다.
그러나 똑똑한 사람이 항상 성공하는 것은 아니다.
때로는 바보들이 똑똑한 사람들로부터 배울 것보다
똑똑한 사람들이 바보들로부터 배울 것이 더 많다.

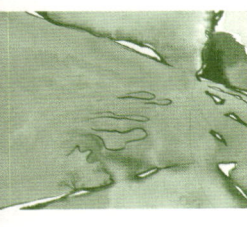

마음

독자여,
백 년 후에 내 시를 읽으실 당신은 누구입니까?
나는 봄의 이 풍요 속에서도
한 송이 꽃을 보내 드릴 수가 없습니다.
점 멀리 있는 구름에게서도 한 줄기 금빛을
보내 드릴 수가 없습니다.
당신의 문을 열고 바깥을 보십시오.
당신의 꽃 피는 동산에서
백 년 전에 사라진 꽃의 향기로운 기억을
더듬어 보십시오.
당신의 가슴의 기쁨 속에서
백 년을 건너서 그 즐거운 목소리를 보내면서

어느 봄날 아침에 노래했던

그 생생한 즐거움을 느껴보십시오.

이 시는 타고르의 『원정』이라는 시집에 실려 있는 것이다. 이 시집이 출판된 것은 1913년이라고 하니 이 시가 쓰인 것은 최소한 90년 전의 일이다. 거의 백 년이 다 되어 간다. 그러므로 우리들이 바로 타고르가 읽어 주기를 바랐던 백 년 후의 독자에 해당된다고 생각해도 무리는 아닐 것이다.

그런데 타고르는 어떻게 백 년 후에 자신의 시를 읽을 사람이 있으리라는 것을 알았을까? 그러한 착상을 한다는 것은 결코 당연한 일도 또 쉬운 일도 아닌 것 같다. 지금부터 백 년 후의 일을 생각해 보자. 그때에도 인간이 살고 있으리라는 보장이 있을까? 핵전쟁이나 공해로 인하여 아무도 살아남지 못할지도 모른다. 그렇지 않다 하더라도 오늘과 똑같으리라고 말할 수 있을까?

설혹 그가 장난삼아서 이 시를 썼다고 하더라도 아무튼 타고르는 백 년 후의 사람과 이야기를 나눌 뜻이 있었고 분명히 그의 뜻은 이루어졌다. 그래서 오늘 백 년 후의 독자들과 이야기를 나누고 있는 것이다. 그가 궁금해 했던 백 년 후의 독자는 바로 우리들이다.

세상에서 가장 행복해지는 이야기

이 시를 쓸 때는 아마도 봄날이었고 그는 멀리 있는 구름을 바라보고 있었던가 보다. 타고르가 우리에게 보내주고 싶었으나 그럴 수가 없다고 한탄하고 있던 꽃은 90년 전에 이미 시들어서 먼지로 돌아가 버렸다. 구름 사이로 쏟아져 내리던 금빛 햇살도 사라져 버려서 우리는 볼 수가 없다. 90년 전에 그는 일이 그렇게 되리라는 것을 알고 있었다. 그래서 그는 한 가지 멋진 제안을 한다. 문을 열고 밖을 내다보라는 것이다. 정원에 꽃이 피어 있거든 그 향기를 맡아보라는 것이다. 그래서 백 년 전에 사라진 그가 맡았던 꽃의 향기를 기억해 보라는 것이다. 그렇게 마음의 문을 열고 동산으로 나가서 꽃의 향기를 맡는 독자는 타고르 자신과 다름이 없다. 뿐만 아니라 타고르가 소리를 내어 노래 부르지 않을 수 없었던 봄날 아침의 생생한 즐거움까지도 기억해낼 수 있는 것이다.

우리가 그의 시를 읽고 있는 이 순간에 타고르의 뜻은 이루어졌다. 시를 통한 타고르와 우리들 사이의 대화에 백 년이라는 세월은 결코 장애가 되지 못한다. 만약 그가 물질로서 꽃송이나 햇빛을 보내려고 했다면 결코 성공할 수 없었을 것이다. 그러나 마음에 이는 향기나 즐거움을 전하고자 한다면 타고르뿐만 아니라 그 누구도 실패할 수가 없다. 사람의 마음은 겉으로는 많이 달라 보여도 근본적으로는 다 같기 때문이다. 인도인이건, 한국인이건, 몇 백 년의 세월을 사이에 두건간에 사람들이 이처럼 서로 마음을 통할 수 있다는 것은 얼마나 놀라운 일인가! 이 시를 읽노라면 사람의 마음은 어쩌면 하나인지도 모른다는 생각이 들곤 한다. 🍀

좋은 생각 🌿

깨끗하고 즐거운 마음은 서로 잘 통하기를 원한다.
그러나 미워하고 싫어하는 마음은 통하기를 거부하는
자세를 취한다. 마음이 통하는 사람과 나누는
따뜻한 차 한 잔. 그것이 삶의 즐거움 아니겠는가.

선택

　　　　　미국 시인 프로스트의 〈택하지 않은 길〉
은 누구나 잘 아는 시이고, 또 누구나 좋아하는 시이기도 하
다.

　　노랗게 물든 숲 속에 두 갈래의 길이 있었습니다.
　　한 나그네의 몸으로 두 길을 다 가 볼 수 없어서
　　아쉬운 마음으로 그 자리에 서서
　　한쪽 길이 덤불 속으로 감돌아 사라진 끝을
　　한참 동안이나 그렇게 바라보고 있었습니다.
　　그러고는 다른 쪽 길을 택했습니다.
　　먼저 길에 못지않게 아름답고
　　어쩌면 더 나은 듯도 싶었습니다.
　　사람들이 밟고 지나간 흔적은 비슷했지만

풀이 더 무성하고
사람의 발길을 기다리는 듯해서였습니다.
그날 아침의 두 길은 모두
아직 발자국이 지나가지 않은 낙엽에
덮여 있었습니다.
먼저 길은 다른 날로 미루리라고 생각했습니다.
길은 길로 이어지는 것이기에.
다시 돌아오기 어려우리라는 것을 알고 있었지만.
먼 먼 훗날 어디선가 나는 한숨쉬며
이 이야기를 할 것입니다.
숲 속에 두 갈래 길이 있어 나는 사람이
덜 다니는 길을 택했네.
그리고 그것이 내 인생을 이렇게 바꾸어 놓았네라고.

　　인생의 긴 여정 중에는 무수한 두 갈래 길이 있다. 그러한
두 갈래 길에서 우리는 많은 망설임과 갈등과 고민을 한다.
그리고 후회를 한다. 우리가 그처럼 후회하는 것은 어쩌면
당연한 일일지도 모른다. 우리는 불완전한 존재라서 반드시
오류를 범하게 되어 있기 때문이다. 어떤 사람은 약간 덜 잘
못을 저지르고 어떤 사람은 실수를 더 자주 하는 경향이 있

기는 하지만 전혀 실수를 하지 않는 사람은 없다.

인간은 진화되어 가는 도상에 있기 때문에 언젠가는 완전한 존재가 될 것이라고 생각하는 사람도 있다. 그러나 나는 인간은 아마도 영원히 완전할 수 없으리라는 생각을 가지고 있다. 그것은 생명의 철칙이라고 할 수 있다. 인간이든 동물이든 식물이든 간에 모든 생명체는 불완전하다는 바로 그 점을 이용해서 생존하고 진화하고 있는 것이다.

예를 들어서 어떤 생물이 가지고 있는 유전자가 조금의 실수도 없이 그대로 자손에게 전달된다면 그 생물의 유전은 완전하다고 할 수 있을 것이다. 그러나 그렇게 되면 더 나은 후손을 만들어낼 여지는 없어지고 만다. 뿐만 아니라 환경이 불리하게 변했을 때 거기에 대처해서 변화할 수도 없다. 그렇게 되면 그 생물은 스스로의 완전성 때문에 멸망하고 말게 될 것이다. 인간 역시 그러한 불완전성에서 벗어날 수 없기 때문에 잘못을 저지르고 후회하는 것은 당연한 일이다.

또 하나 우리가 후회할 수밖에 없는 이유는 우리의 능력에 한계가 있기 때문이다. 슈바이처 박사는 의사일 뿐 아니라 음악박사, 신학박사에다 철학박사이기도 했다. 대부분의 범속한 사람은 흉내조차 낼 수 없는 다재다능한 인물이었다. 그러나 그도 의사가 되기 위해서 대학교의 교수직을 버려야 했다. 아프리카 사람들을 질병으로부터 구하기 위해서는 유럽의 문명사회를 떠나야 했던 것이다. 한 몸으로 두 가지의 일을 할 수 없고 동시에 두 장소에서 살 수 없기 때문에 하나를 선택하면 다른 쪽을 잃게 되는 건 당연한 이치다. 또한 "과연 나의 선택이 옳았는가?" 하고 자문하는 순간도 생기게 마련이다.

　그러면 우리가 맞이하는 무수한 두 갈래 길에서 우리는 어떻게 해야 할까? 우선 떠오르는 생각은 운에 맡겨 보자는 것이다. 어느 쪽을 선택해도 후회는 남을 것이고, 앞날의 일은 우리가 헤아릴 수 없으니 운에 맡겨 보는 것도 한 방법이다. 또 세상에는 정말로 운이라는 것도 분명히 있다. 그러나 우리는 모든 일을 선뜻 운에 맡기지는 못한다. 운에 맡기는 것은 잘 되는 경우보다는 실패할 확률이 크기 때문이다. 그래서 정세를 분석해 보고 정확한 판단을 내리려고 노력한다. 자신의 생각만으로 부족하다 싶으면 다른 사람들의 의견을 들어서 될 수 있는 대로 정확한 판단을 내리는 것이 바람직한 방법이다. 그러나 그렇게 면밀하게 재어보고 분석하고 종합해서 판단을 내린다고 해도 일이 잘못될 경우가 있다. 그러므로 때로는 운에 맡기는 것도 아니고, 판단에 의한 것도 아닌, 또 하나의 선택 방법이 필요하다. 바로 '결단' 이다. 우리가 어떤 일에 결단을 내린다는 것은 실패해도 후회하지 않겠다는 의지가 내포되어 있다. 그래서 때로는 불리하다는 것을 분명히 알면서도, 또는 남들의 반대에 부딪치면서도 결단을 내리게 된다. 결단을 내릴 때 사람은 고독하다. 후회는 없을지 모르지만 많은 번민이 뒤따르는 것이다.

아무튼 우리는 끊임없이 선택한다. 두 갈래 길에 서서 때로는 운에 맡기기도 하고, 때로는 치밀한 계산을 하기도 하고, 때로는 고독한 결단을 내리기도 한다. 어느 경우든 하늘은 우리의 선택을 조용히 지켜보고 계실 것이다. 🍀

좋은 생각 🍃

후회 없는 선택을 하기는 어렵다.
그러나 선택을 한 다음 후회하지 않을 수는 있다.
결단에 의해서.

눈 속에서

눈을 맞으며 걷노라니 부처님의 설법 한 구절이 떠오른다.

수보리야, 만일 삼천대천세계를 부수어 티끌로 만든다면 네 생각에 어떠하냐? 이 티끌이 정녕 많다고 하겠느냐?

하늘을 올려다보면 회색 공간뿐, 대체 어디서 이렇게 많은 눈송이가 쏟아져 내리는 것인지 새삼 궁금해진다. 허공이 부서져 내리는가! 타향에서의 눈은 고향에 돌아온 듯한 착각을 주더니 고국에서의 눈은 다시 먼 나라를 생각나게 한다. 하기야 이토록 지척을 분간할 수없이 난무하는 눈발 속에서라면 고향이건 타향이건 알래스카건 남극이건 무슨 차이를 느끼랴! 삼천대천세계가 부서져 눈으로 내리듯, 나는 오직 눈을 밟고 눈에 에워싸여서 눈의 냄새를 맡을 뿐이다. 그 깊은 뜻이야 어찌 헤아리겠냐마는 눈 속을 걷노라니 문득 부처님의 설법 한마디가 생각난다.

수보리야, 이 모든 티끌은 여래가 티끌이 아니라고 말하므로 이것을 티끌이라고 이름하며, 여래가 말한 세계도 또한 세계가 아니므로 이것을 세계라 이름하느니라. 🍀

좋은 생각

꽃잎이 눈발처럼 흩날리는 봄날, 향긋한 차 한 잔을
앞에 두고 바라본 세상은 눈물겹도록 아름답다.
이 세상에서 나고, 자라고, 또 난 자리로 되돌아갈 수
있다는 것이 얼마나 감사한지!
행복은 결코 먼 곳에 있지 않다.
바로 지금, 이 순간, 이 자리에 있는 것이다.

귀한 생명

얼마 전 신문에서 흥미 있는 기사를 읽었다. 올해 81세의 '후창' 이라는 중국 노인은 정년퇴임 후의 지루함을 달래기 위해 파리 잡기에 취미를 붙였다고 한다. 그래서 지난 8년 동안 무려 17.5kg의 파리를 잡아 중국 정부로부터 상을 받게 되었다는 이야기였다. 매일 4천 마리 이상의 파리를 잡았다고 하니 결코 쉬운 일은 아니었을 것이다.

이 이야기는 다소 끔찍스럽게 들리기도 하고 반대로 유쾌하게 생각되기도 한다. 아무리 파리라고 해도 그처럼 마구 때려 죽여도 되는 것인지 의심스럽지만, 그렇다고 귀찮은 파리를 불쌍하다는 이유로 놔둘 수도 없는 문제 아닌가. 더구나 한 달에 4천 마리나 잡을 수 있을 정도로 주변에 파리가 많다면 그냥 둔다는 것은 오히려 사람들의 위생을 돌보지 않는 처사가 될 것이다.

그런데 왜 그 중국 노인의 파리 사냥이 한편으로는 끔찍하다고 생각되어지는 것일까? 그것은 파리를 죽이는 것이 잘못이라고 생각해서는 아니다. 밥상머리에 귀찮게 날아드는 파리를 불쌍하다고 생각하는 사람은 아마 없을 것이다. 그리고 파리를 한 번도 죽여보지 않는 사람이 어디 있겠는가? 그러면서도 우리는 별다른 죄책감을 느끼지 않고 지낸다. 또 그 중국 노인이 엄청난 수의 파리를 죽였기 때문도 아닌 것 같다. 만일에 파리나 모기를 대량으로 죽이는 것이 잔인한 일이라면 여름에 살충약을 뿌리고 다니는 위생 담당관들은 그 노인보다 더 지탄을 받아 마땅할 것이고 양심의 가책으로 잠을 이루지 못해야 할 것이다.

문제는 노인이 무료함을 달래기 위해서 파리를 죽였다는 것에 있다. 물론 신문 기자가 잘못 표현했을지도 모른다. 사실은 노인이 인류를 위해서 초인적인 인내심을 가지고 파리 잡는 일을 했을지도 모른다는 가능성을 배제하고 싶지 않다. 그러나 만에 하나라도 노인이 파리를 때려잡는 기쁨에 세월 가는 줄 모르고 열중해 있었다면 우리는 아무래도 그에게 호감을 느낄 수는 없다.

언뜻 생각하면 파리를 재미로 죽이는 것이나 약을 뿌려서 대량 살육을 하는 것이나 다를 바 없지 않느냐고 반문하기 쉽지만 그렇지 않다. 어떤 생각을 가지느냐가 중요하다고 생각한다.

윌리엄 브레이크의 다음과 같은 시가 생각난다.

작은 파리야
여름날 네 노는 것을 무심한 내 손이 쓸어 버렸구나
나는 너 같은 파리가 아닐까
아니면 네가 나 같은 사람이 아닐까
그 어떤 앞 못 보는 손이 내 날개를 쓸어버릴 때까지
나도 춤추고 마시고 노래 부를지니
생각함이 삶이고 임이고 숨결이라면,
생각하지 않음이 죽음이라면,
그렇다면 살아서도 죽어서도
나는 행복한 파리

여름날에 무심코 쓸어버린 파리 한 마리를 애처로워하면서 사람도 결국은 파리 같은 존재라는 감상을 느끼고 쓴 시이다. 사람이 교만할 때는 대단한 능력을 가진 양 착각을 하지만, 절대자의 앞에서는 파리보다 크게 나을 것도 없는 미약한 존재이다. 거친 운명의 손이 무심코 한 번 휘젓기만 해도 스러져 버리고 마는 것이다. 춤추고 마시고 노래 부르는 그 모든 것들이 다 무슨 소용이겠는가? 파리의 날갯짓과 같이 허무할 뿐이다. 그래서 우리는 모두 그의 시에 공감을 느낀다.

윌리엄 브레이크는 이 시에서 한 줄기 희망의 여운을 남겨두고 있다. 생각함이 삶이고 생각하지 않음이 죽음이므로 생사를 초월해서 행복하다는 것이다. 중요한 것은 우리의 생각이다. 파리처럼 운명의 손이 휩쓸어 갈 미약한 존재이지만 생각이 있으므로 우리는 운명보다 강할 수 있는 것이다. 우리는 먼 과거의 일도 미래의 일도 생각한다. 있는 일만 생각하는 것이 아니라 없는 일도 새롭게 생각해낼 수 있다. 생각은 본래 이처럼 무한한 것이 아니겠는가?

그런데 우리는 이처럼 자유로운 생각을 작은 나와 내 주변의 일에 대해서만 쓰고 있다. 그렇게 되면 우리의 삶이 갑자기 좁아져 버린다. 본래 신처럼 자유로운 생각을 '나'라는 좁은 울타리 속에 가두어서는 안 된다. 나의 울타리를 벗어나서 생각이 자유로운 사람은 이웃을 사랑할 수 있다. 자비로울 수밖에 없다. 파리 한 마리라도 가볍게 대할 수 없을 것이다. 파리는 그만두고라도 인간의 목숨마저 가볍게 생각하는 요즈음의 편협한 이기주의를 함께 걱정해야 할 때인 것 같다. 🍀

좋은 생각

생명이 존귀하다는 것은 누구나 안다.
그러나 생명을 존중하는 일에 우리는 가끔씩
소홀해진다. 세상이 빛 한 점 들어오지 않는 컴컴한
동굴 속 같다 하더라도 자신의 목숨을 버리는 일은
결코 용서될 수 없다. 걷고, 또 걷다 보면 언젠가는
환한 빛 고운 세상에 닿을 수 있을지니.

한 여름밤의 정경

      나방은 불빛을 달빛으로 착각하기 때문에 불을 좋아한다고 한다. 나방은 깊은 밤 검은 숲 위로 환하게 달이 떠오르면 일제히 하늘을 향해 날아오르는 습성이 있는 모양이다. 이러한 것은 하찮은 미물들의 이야기지만 우리라고 그 상황을 짐작 못할 것도 없다. 가령 달이 휘영청 밝은 여름밤에 이슬은 풀잎에 내리고 밤안개가 서서히 피어나서 꿈꾸듯 아련히 먼 산의 그림자를 감싸줄 때, 누군들 마음이 들뜨지 않을 수 있으랴. 그럴 때면 차라리 우리의 마음도 나방이 되어 쏟아지는 달빛 속을 난다고나 할까?

      그러나 조심할 일이다. 달빛은 한 마리의 부나방도 불태우지 않지만 인간의 마음마저 태우지 않는다고는 말할 수 없으므로….

좋은 생각 🌿

달빛 가득한 나지막한 작은 동산을 생각해보자.
요정이 날아다니고 춤추며 음악을 연주하겠지.
사실인가? 그렇다. 나방들이 밤하늘을 날고
그것을 잡으려고 박쥐가 소리 없이 날아다닌다.
풀벌레들의 울음소리가 들린다.
쉽게 볼 수 있는 한여름 밤의 정경이다.

절름발이 개

출근을 하려면 꼭 지나가야 하는 골목이 하나 있다. 한적한 그 골목에 접어들면 언제나 보게 되는 개 한 마리가 있는데 녀석은 한쪽 다리를 심하게 저는 절름발이였다. 짧게 오그라들어서 보기 흉한 오른쪽 다리를 끌고 녀석은 절뚝거리며 돌아다니거나 앉아서 햇볕을 쪼이곤 했다. 나는 그 개를 볼 때마다 불쌍하다는 생각이 들었다. 그저 세상에 나왔을 뿐이지 무슨 희망이 있겠는가? 구박이나 받는 천덕꾸러기로 고생스럽게 살다가 스러질 불쌍한 생명이 아닌가. 그런데 그 개가 한동안 보이지 않았다. 보기 싫으니 주인이 개장수에게 팔아버렸나 보다 하는 생각에 나는 녀석이 잠시 애처롭기까지 했다.

그런데 며칠 후에 그 개가 다시 나타났다. 게다가 녀석은 놀랍게도 예쁜 강아지들을 데리고 있었다. 아주 귀여운

강아지들이었다. 어미의 흉한 모습이 대조가 되어서 더욱 귀엽게 보였는지도 모른다. 뿐만 아니라 그 강아지들은 다리를 절지도 않았다. 이 얼마나 놀라운 신비인가! 불완전한 몸에서도 완전한 새끼가 태어날 수 있다는 것은 말이다. 나는 그 못생긴 어미 개를 너무 과소평가했다. 그 어미 개에게 희망이 없다고 생각한 것은 잘못이었다. 요즘도 나는 그 골목을 지나다니면서 강아지들이 건강하게 자라는 것을 본다.

그러고 보니 또 하나의 사건이 생각난다. 아주 오래 전에 우리 고장에 난쟁이가 살고 있었다. 다행히 경제적으로 여유가 있어서 어떤 가난한 여성과 결혼할 수 있었다. 그것은 그 당시 우리 동네의 큰 화젯거리였다. 어떤 사람은 그 부부가 아이를 낳지 못할 것이라고 했고, 떠 어떤 사람은 분명 오래 같이 살지 못하고 이혼하게 될 거라고도 했다. 그러나 그들은 아이를 낳았다. 그것도 보통 사람들과 마찬가지로 크고 똑똑한 아들딸을 두게 된 것이다. 난쟁이에게 시집간 여성을 동정하던 사람들 중에는 오히려 가정이 파탄 난 사람도 있었지만 그 부부는 아주 화목하게 잘 살았다. 그런 것을 보면 난쟁이라고 해서 난쟁이를 낳는 것이 아니듯이 우리 같이 평범하고 결함이 많은 사람도 희망을 버릴 필요는 없다는 생각이 든다.

나는 이것이 없고 저것이 부족하니까 하고 희망을 잃기 쉽지만 그것은 잘못된 생각이다. 하느님이 사람을 만드실 때에는 하느님의 모습을 본떠서 만들었다고 한다. 그러므로 본질적으로는 하느님처럼 완전한 모습인 것이다. 그러나 세상을 살다보면 상처를 입기도 하고 무언가 잘못되는 일도 생기기 마련이다. 그렇다고 인간의 본질 자체가 변하는 것은 아니다. 그렇지 않다면 어떻게 절름발이나 난쟁이가 정상적인 아이를 낳을 수 있겠는가. 당장 처한 상황이나 겉모습보다는 본질적인 우리의 모습을 항상 염두에 두고 세상을 대하는 것이 타당하리라는 생각이 든다.

뿐만 아니라 본질적인 우리의 모습을 찾아내기 위하여 적극적으로 노력할 필요가 있다. 동물과 달리 사람은 학문이나 예술이나 운동 경기나 정치활동 같은 다양한 일을 통하여 자기실현을 할 수 있다. 그래서 우리는 스스로의 한계를 뛰어 넘어서 더 높이 오를 수 있는 것이다. 훌륭한 운동선수들은 많은 사람들로부터 존경을 받는다. 언뜻 생각하면 뜀박질을 잘 한다든지 힘이 좀 세든지 하는 것은 그리 대수롭게 보이지 않는다. 운동이 단순히 사람이 가지고 태어난 능력을 내보이기만 하는 것이라면 그리 대단할 것도 없다. 어쩌다가 민첩하거나 건강하게 태어난 것을 가지고 존경할 만하다고 말할 수는 없으니까 말이다. 우리가 진정으로 운동 선수에게 갈채를 보내는 것은 그들의 각고의 노력 때문이다.

아무튼 불완전한 우리도 좀더 완전한 것을 만들 수 있다는 더 없이 소망스러운 사실을 나는 요즈음 절름발이 개 한 마리에게서 배우고 있다. 🍀

좋은 생각

지금 우리가 불완전하다고 해도 절망할 필요는 없다.
완전을 향한 가능성은 언제나 있다.
문제는 그 가능성을 향해 우리가 얼마나
열심히 달려가느냐이다.

개미

　　쓰다가 놓아둔 원고지 위에 꼬마가 과자 부스러기를 올려놓았나 보다. 작은 황갈색의 개미들이 잔뜩 모여 있다. 애집개미. 동남아에서 온 밀항자이다. 일격에 몰살시킬 수 있는 무서운 힘을 가진 존재가 들여다보고 있는 것도 모른 채 개미들은 과자 더미를 헐어서 나르느라 바쁘다. 아니 어쩌면 그들은 그러한 위험쯤이야 각오하고 있는지도 모른다. 원고지 위를 대담하게 돌아다닌다. 나는 개미들이 마음대로 돌아다니도록 내버려 둔 채 연필을 놀려 원고지의 빈칸에 하나하나 글자를 써 내려간다. 때로는 연필 끝이 과자 부스러기를 밀치기도 하고 개미와 마주치기도 한다. 개미는 일순 놀라서 재빨리 도망치지만 곧 먹이를 찾기에 열중한다.

　　꼬마를 데리고 산보에 나선다. 야트막한 뒷산 언덕에

오르니 요란한 차량의 엔진 소리와 함께 전봇대를 세우고 있는 인부들의 모습이 보인다. 꼬마와 나는 구덩이를 파고 나무를 심듯 전봇대를 세우고 있는 인부들의 일거일동을 열심히 구경한다. 뾰족한 전봇대의 밑둥치는 마치 거대한 연필 같다. 거기에 달라붙어서 일하는 사람들은 개미를 떠올리게 한다. 그러고 보니 언덕에서 내려다 본 시가지의 모습은 네모지게 구획되어 있는 원고지와 흡사하다. 자동차와 인부들은 작업을 마치고 가버렸다. 꼬마와 나는 잠시 더 머무르며 전봇대와 시가지, 산과 하늘에 가득 쓰인 글씨들을 읽고 싶어 한다. 그러나 개미와 마찬가지로 나도 내가 모르는 거대한 원고지 위를 헤매고 있음을 알 뿐이다. 🍀

좋은 생각

컴퓨터를 사용하기 전에는 원고지에 글을 썼다.
글을 쓰는 작업은
개미가 원고지의 미로를 헤매는 것과 같았다.
미로는 마을이 되고 도시가 되고 인간 세상이 된다.

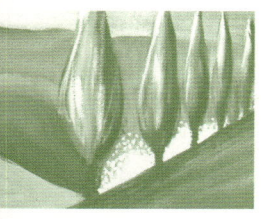

완성을 향한 도전

운동선수들은 한결같이 운동이란 자기 자신과의 싸움이라고 말한다. 눈먼 어느 수영 선수는 자신과의 치열한 싸움 끝에 88 서울올림픽에서 금메달을 목에 걸기도 했다. 비록 그 선수 자신은 장애인이지만 그가 세운 올림픽 우승 기록에는 '장애' 라는 수식어가 끼어들 틈이 없다.

예술가가 작품을 만드는 과정도 마찬가지다. 예술가가 추남이면 어떻고 한 다리가 짧으면 어떤가. 내 모습대로 작품을 만들고 싶은 예술가는 아마 한 명도 없을 것이다. 오히려 나는 못났지만 내 작품만은 세상에서 제일 멋진, 제일 훌륭한 작품이 되기를 꿈꿀 것이다. 그것은 완성에의 소망이고 절대자에게 한 발 더 다가가는 것에 대한 희열이다. ♣

좋은생각

우리네 삶은 얼마나 어수룩하고 부정확한가!
우리는 또 얼마나 많이 넘어지는가!
무엇하나 완전한 것이 없다. 그렇기에 삶은 도전이고,
끊임없는 지향이다. 완성을 향한 부단한 날갯짓.
역경을 이겨내는 도전정신은 어느 경우든 아름답다.

세상에서 가장 행복해지는 이야기

사람과 사람, 그리고 만남

얼마 전에 인천에 살고 있는 친척집을 방문한 일이 있었다. 인천이라면 나로서는 자주 방문할 수 있는 도시는 아니어서 낯선 도시의 낯선 골목을 돌아 낯선 집을 찾아간 것이다. 첫날은 오랜만에 친척들을 만난 반가움에 별다른 생각 없이 지냈다. 그 이튿날 아침에 일어나서 주변을 산책해 보니 이웃 상점의 주인은 문을 열 준비를 하며 골목을 쓸고 있었고, 운동복을 입고 개와 함께 골목을 지나가는 사람도 보였다. 내가 사는 동네와 별반 다를 바가 없었다. 오랫동안 그 동네에서 살았던 것 같은 착각이 들 정도였다.

가만히 생각해 보면 얼마나 이상한 일인가! 그 사람들도 한결같이 그렇게 살아왔으련만 나는 그 사람들이 살고 있다는 사실조차 모르고 있었던 것이다. 그 사람들도 물론 내가 어디에서 어떻게 살고 있는지 알지 못하는 것은 마찬가지이다. 우리는 서로 어떤 사람이 태어나서 살다가 죽어 가는지 알지 못한다. 그러고도 우리는 한 세상을 같이 하고 있다고 말할 수 있는 것인가 하는 생각을 하면서 낯선 골목길을 이리저리 돌아다녔던 생각이 난다.

또 언젠가는 어느 깊은 산골 마을에서 하룻밤을 지낸 적이 있었다. 깜깜한 밤에 마을을 둘러싸고 있는 검은 산 그림자를 바라보며 세상에 이런 곳도 있었구나 하는 생각을 했다. 우리 일행이 우연히 그곳에 숙소를 정하지 않았으면 우리는 평생 그 사람들이 세상에 살고 있다는 것조차 알지 못했을 것이다.

어느 여류 시인이 세계 일주를 하는 동안 캐나다에 들렀다고 한다. 마침 보름달이 휘영청 떠오르는 것을 보고 캐나다에도 달이 뜨더라고 아주 감격스러운 어조로 쓴 글을 읽은 적이 있다. 우리나라에서 늘 봤던 것과 하나도 다를 바 없는 모습으로 달이 뜬다는 사실이 먼 나라의 낯선 환경에서는 그렇게 이상하고도 반갑게 느껴졌던 모양이다.

한 세계를 살면서도 그 안에서 무수한 작은 세계를 꾸며 사는 우리들의 모습이 그처럼 문득문득 이상하게 느껴질 때가 있다. 사실 우리가 보고 듣고 느끼고 알 수 있는 세상은 그다지 큰 것은 아니다. 가정을 꾸리고 사회생활을 하면서 만나는 사람들이 얼마나 되겠는가. 아무리 사교적인 사람이라도 혹은 대통령이나 국회의원이라고 하더라도 불과 몇천 명이나 몇만 명을 알고 지내는 정도를 넘어설 수는 없을 것이다. 그 외에는 모두 익명의 사람들이고 알지 못하는 이웃이다. 그런 것을 생각해 보면 지구의 인구가 60억이고 우리나라의 인구가 6천만 명이라는 숫자는 우리에게 단지 통계적인 의미밖에는 되지 못한다.

잘 알고 있다고 생각하는 사람에 대해서도 과연 우리는 얼마나 알고 있나? 내 친구 중의 하나는 전기상을 하고 있는데 어쩌다 그의 가게에 들러 앉아 있노라면 그의 생활 방식은 나와는 많이 달라서 가끔씩 이해하기 힘들 때가 있다. 그러한 감정은 의사 친구에 대해서도 마찬가지다. 같이 식사를 할 때는 다정한 친구이지만 그가 환자나 동료 의사들과 진지한 이야기를 할 때는 역시 내가 모르는 다른 사람이구나 하는 느낌이 어쩔 수 없이 들곤 하는 것이다. 교육계에 있는 친구나 학계의 친구들은 그래도 통하는 바가 있다. 그러나 안기부에서 일하는 친구나 비행기 운전을 한다는 친구는 만날 기회도 없거니와 도대체 그들이 어떤 생활을 하고 있는지 짐작도 못하겠다.

그래서 이 세상에는 불교식으로 표현하자면 삼천대천세계가 동시에 펼쳐지고 있는 것이 아닌가 하는 생각이 든다. 주먹의 세계나 범죄의 세계도 있을 것이고, 가난과 질병을 물리치기 위하여 싸우는 사람들의 세계도 있을 것이다. 세상에는 우리가 모르는 세계, 전혀 상상조차 할 수 없는 세계가 무한히 펼쳐져 있다. 우리는 그처럼 무수한 세계 중에서 불과 몇 개의 사회에만 속할 뿐이다. 그런 면에서 볼 때 그저 이웃으로 서로 알아본다는 것만으로도 대단한 인연이고 벌써 사랑을 실현하는 것이라는 생각이 든다.

　　러시아의 투르게네프라는 시인이 생각난다. 그가 말년에 쓴 산문시 중에는 다음과 같은 내용이 담겨져 있다. 투르게네프는 추운 겨울날 거리를 걷고 있었다. 그때 한 거지가 더러운 손을 내밀며 구걸을 했다. 투르게네프는 그 거지가 불쌍하여 적선을 하고자 발길을 멈추고 주머니를 뒤졌다. 그런데 공교롭게도 돈을 가지지 않고 나온 것을 알게 되었다. 그래서 투르게네프는 미안한 마음이 들어서 거지의 손을 덥석 잡았다. 그리고는 돈이 없어서 미안하게 되었노라고 말했다. 그러자 거지는 얼굴에 미소를 지으면서 이렇게 손을 잡아주는 것도 훌륭한 적선이라고 말하더라는 것이다. 거지는 자신이 고통을 당하고 있다는 사실을 누군가 알아준다는 것만으로도 마음이 따뜻해지는 위로를 받았다는 이야기다.

사람이 사람을 알게 된다는 것은 얼마나 신비스러운 일인가. 사람이 사람을 만나는 것은 전혀 새로운 또 하나의 세계를 이해하고 사랑하게 되는 길이다. 그래서 사랑이라는 말을 강조하지 않아도, "아버지께서는 너희의 머리카락까지도 낱낱이 다 세어 두셨다"는 그리스도의 말씀만으로도 깊은 사랑을 느끼게 되는 것이다. 🍀

좋은 생각

인연은 소중한 것이다.
무심하게 잠깐 스치고 지나가기도 어려운데
남의 속사정까지 아는 사이가 되면
보통의 인연이 아니다.
인연은 귀하게 여겨야 한다.

그리움의 원근법

학창 시절, 어쩌다가 그림을 그리면 원근법이 엉망이라고 핀잔을 받곤 했다. 내 깐에는 원근법에 맞추어 그린답시고 한 것이 매양 그 모양이었던 것이다. 그런데 요즈음에야 비로소 사람의 눈은 본능적으로 멀리 있는 물체를 실제보다 조금 크게 보는 경향이 있다는 사실을 알게 되었다. 경치가 마음에 들어서 사진을 찍어 보면 눈으로 직접 보았을 때보다 웅장한 맛이 떨어진다. 그러고 보면 강 건너의 풀이 더 푸르고 남의 손에 쥔 떡이 더 커 보인다는 말도 괜한 소리는 아닌 듯싶다. 지나간 시절은 아름답고 놓친 물고기는 더 크다고 하는 것도 이치에 맞는 말이다. 그리고 무엇보다도 진실로 소중한 사람은 멀리 떨어져 있을 때 더욱 커 보이고 더욱 그리워진다는 말을 나는 믿는다. 🍀

좋은 생각

엽서를 쓰면서 생각한다.
왜 내가 엽서를 쓰고 있는가 하고.
왜 멀리 떨어져 있을 때
그 사람이 궁금해지는가 하고.

그리움의 원근법

미소의 힘

　　　　　　　외국에서 일하는 어떤 신부님이 6·25 전쟁 때 직접 겪은 이야기를 들려주었다. 전쟁이 터지고 서울이 함락될 때 신부님은 서울에 있었는데 늦게나마 피난을 가려고 집을 나섰다고 한다. 그런데 어느 골목을 막 빠져 나오려니 공산군이 들이닥치더란다. 피난 가던 사람들과 신부님은 겁에 질려서 그 자리에 얼어붙은 듯 꼼짝하지 못한 채 총을 겨눈 병사들과 탱크가 다가오는 것을 지켜볼 수밖에 없었다. 그때 신부님은 참으로 기묘한 기분을 느꼈다고 한다. 육중하고 차가운 탱크 위에 앉아 있는 한 공산군 병사가 빙그레 미소를 띠며 신부님을 내려다보고 있었기 때문이었다. 그 미소가 얼마나 다정해 보이던지 신부님은 마음이 편안해지고 앞으로 나가서 손이라도 잡고 싶은 기분이 들더라는 것이다. 신부님은 피난을 포기하고 집으로 되돌아갔지만

세상에서 가장 행복해지는 이야기

그 야릇한 경험을 지금까지도 잊지 못하고 있다는 것이다. 사람의 미소가 얼마나 대단한 힘을 가지고 있는지를 알았노라고 신부님은 덧붙였다.

신부님의 이야기를 들으니 정말 그럴 것 같다는 생각이 들었다. 무서운 공포의 상황에서 모든 사람이 근심 어린 표정을 하고 있을 때 갑자기 아무런 근심걱정 없는 밝은 얼굴이 보인다면 그 얼굴이 얼마나 밝게 느껴지겠는가. 무지막지한 쇳소리를 내면서 구르는 탱크 속에서 난데없이 티 없는 미소가 나타난다면 그 미소는 얼마나 환하게 빛날 것인가.

그 병사는 전쟁에 대해서 아무 것도 모르는 순진한 사람이었을 수도 있을 것이다. 또는 승리감에 들뜬 젊은이였을 수도 있을 것이다. 어쩌면 남한 주민들의 어지러운 민심을 안정시키는 역할을 맡고 있었을지도 모른다. 아니면 극악무도한 철면피가 어쩌다 그 순간에만 잠시 착한 생각을 품었던 것인지도…. 그 동기가 무엇이었든 간에 때로는 잔잔한 미소가 대포보다 더 강한 힘을 발휘한다는 데에 우리는 놀라지 않을 수 없다. 사실 미소에는 그러한 힘이 있다. 심각한 생각에 빠져 있을 때 누군가 반짝하고 웃어주면 한 순간 걱정이나 우울한 기분이 사라진다. 아무리 심한 고통이나 공포나 근심도 순간적으로나마 잊게 해 준다.

몇 년 전에 아버지가 병원에 입원하셨을 때 아버지는 몹시 고통스러워 하셨다. 나는 아버지의 꺼져 가는 목숨을 안타깝게 지켜보면서 조금이라도 위안이 되는 말을 찾아보려 했다. 그러나 별다른 효과가 없었다. 곧 세상을 버려야 한다는 것을 알고 계시는 분에게 무슨 말이 위안이 되겠는가?

아버지가 계시던 곳은 2인용 병실이었는데 아버지 외에 또 한 사람이 입원해 있었다. 그 환자는 아버지보다 더 노인이었는데 하루는 간호하던 부인과 말다툼을 하게 되었다. 화가 난 부인은 짐을 싸 가지고 병실을 나가버렸다. 그러자 노인은 자신이 공연히 고집을 부렸다고 후회를 하기 시작했다. 우리는 부인이 홧김에 나갔지만 다시 돌아올 터이니 걱정하지 말라고 그 노인을 위로해 주었다. 그리고 얼마 안 있어서 정말 부인은 보따리를 들고 다시 들어왔다. 몹시 계면쩍은 얼굴로 말이다. 노인들이 마치 아이들처럼 다투고 풀어지고 하는 장면이 웃음을 자아냈다. 또 간호할 사람이 나타나서 잘 되었다고 안도의 마음이 들기도 했다. 우리는 모두 웃음을 터트렸다. 그런데 그 중에서도 가장 통쾌하게 웃었던 사람은 바로 아버지였다. 웃는 그분의 모습은 병자가 아니었다. 자신이 아프다는 것도, 죽음을 눈앞에 두고 있다는 것도 다 잊어버린 모습이었다. 여름 밤 마당 한가운데에 모깃불을 피워놓고 옛 이야기를 하며 유쾌하게 웃으시던 바로 그 모습과 조금도 다름이 없었다.

나는 그 장면을 언제까지나 잊을 수 없다. 무겁고 답답하고 고통스러운 병원생활 중에서 오직 그 순간만이 환하게 밝은 빛으로 회상된다. 그러고 보면 웃음의 힘은 참으로 대단하다는 생각이 든다. 웃음은 사람의 마음을 변화시키고 움직이는 힘이 있다. 모쪼록 모든 사람의 얼굴에 평화의 미소가 환히 떠오르기를 기원한다. 🍀

좋은 생각

미소는 마음의 꽃이다.
꽃은 정원에 있거나 전쟁터에 있거나 병실에 있거나
보는 이의 마음에 평화의 향기를 실어 나른다.
모든 사람의 가슴속에 그 향기로운 내음이
가득 퍼지기를 바란다.

모하비 사막

나는 사막이 그렇게 쓸쓸한 곳이리라고는
상상도 하지 못했다. 산은 벌거벗었고 골짜기에는 먼지바람
만 몰려다니고 있었다. 식물이 있기는 했으나 차라리 아무
것도 없는 모래밭이었으면 덜 쓸쓸했으리라. 솜덩이를 굴려
놓은 듯한 회갈색의 덤불이 드문드문 흩어져 있어서 바람에
이리저리 굴러다닐 것만 같았다. 때로는 '여호수아 나무'가
나타나기도 했다. 그러나 그것도 작열하는 햇볕에 시달려서
몽당 빗자루처럼 볼품이 없었다. 산도 골짜기도 갈라진 잿
빛 입술로 목말라하는 이런 황야는 생명이 깃들 곳이 못 된
다. 이곳의 주인은 차라리 골짜기를 휘몰아 다니는 바람이
리라. 크고 작은 회오리바람이 일어나서 용의 꼬리처럼 흔
들거리며 다니는 모습이 자주 눈에 뜨였다. 또 신기루란 낮
도깨비가 살고 있어서 사막 한가운데에 난데없이 호수를 만
들었다가는 지우는 것도 보였다. 지금은 고속도로가 매끈하

게 사막을 누비고 있지만 옛날 서부 개척민들이 겪었을 고생스러움이 넉넉히 짐작이 된다. 그들에게도 황야에서 40일간 금식 기도한 예수 그리스도의 경우처럼 아마도 유혹하는 악마가 있었으리라. 회오리바람이 악마처럼 나타나서는 엎드려 절하라고 위협했을 것이다. 신기루가 숲이나 물을 그려내서 유혹했을 것이다. 몹시 허기진 그들에게는 돌이 떡으로 보일 때도 있었을 것이고, 때로는 높은 절벽에서 뛰어내려 생을 끝내고 싶은 충동이 일었을지도 모른다. 만일 이러한 환상의 유혹을 이겨 내지 못했다면 그들 또한 황야의 쓸쓸한 바람으로 화해서 소용돌이치며 골짜기를 몰려다니거나 신기루를 만들어 내고 있었으리라.

지금도 가끔 그 삭막한 풍경이 애잔하게 눈앞에 떠오른다. 이 세상의 시작 같기도 하고 끝 같기도 한 그곳이….🍀

좋은생각

사막이 아름다운 건 어딘가에
우물이 숨어 있기 때문이라는 '어린 왕자'의 말처럼
세상이, 그리고 삶이 아름다운 것은
보이지 않는 희망이 있기 때문일 것이다.

매화

영국 시인 데이비스의 〈한가〉라는 시가
생각난다.

이 인생이 무엇이랴.
근심에 싸여 걸음을 멈추고 물끄러미 바라볼 시간이 없다면.
나뭇가지 아래에 서서 양이나 염소 마냥
한가롭게 한 곳을 바라볼 시간이 없다면.
술을 지나면서 다람쥐들이 풀 속에
밤알을 감추는 것을 볼 시간이 없다면.
미인의 시선에 몸을 돌려
춤추는 고운 발을 바라볼 시간이 없다면.
이 인생은 하찮은 것
근심에 싸여 걸음을 멈추고 물끄러미 바라볼 시간이 없다면.

모처럼 한가한 어느 토요일이었다. 마침 방문한 서울대 중국문학과 이병한 교수와 산책에 나섰다. 이른 봄의 생기를 즐겨보고 싶었기 때문이었다. 노란 개나리가 흐드러지게 핀 공원 울타리를 돌아서 한참을 걷다가 휴게소에 이르러 다리를 쉬었다. 나무 심기 좋은 계절이었기 때문에 자연스럽게 나무에 관한 대화가 이어졌고 매화나무에 대해서도 이야기를 주고받게 되었다. 그리고 누가 먼저랄 것도 없이 매화의 아름다움에 대해 칭찬하기 시작했다.

이 교수는 당나라의 장위가 매화를 두고 지은 한시를 읊었다. 그 시를 들으니 개울가의 다리 옆에서 물 위로 꽃가지를 늘어뜨리고 있는 매화의 그림을 보는 듯 했다. 나는 옛 시인의 고고한 시흥에 크게 감탄했다. 그러자 이 교수는 송나라의 왕안석이 지은 『매화』라는 시를 들려주었다.

담 모퉁이 매화나무 가지
추위 속에 의젓이도 피어난 꽃
멀리서도 그것이 눈아님을 알겠으니
그윽하게 번져오는 향기가 있기 때문

그처럼 매화에 대한 시를 읊으며 감상하다보니 이 교수도 나도 머릿속이 온통 매화 생각으로 가득 차는 것 같았다. 그리고 매화가 눈앞에 없는 것이 아쉬워지는 것이었다. 우리는 산책을 집어치우고 택시를 타고 시내로 들어갔다. 봄이 아직 다 지나간 것은 아니니 당장 매화를 찾아서 감상해 보자는 생각에서였다. 길거리에는 꽃나무들이 많이 나와 있었지만 안타깝게도 매화는 찾아볼 수 없었다. 다행히 어느 꽃가게에서 청매 화분을 하나 발견하긴 했지만 그것도 이미 시들어서 말라버린 꽃잎을 몇 개 달고 있는 정도였다. 우리는 크게 실망했다. 봄이 지나가기 전에 매화를 보려고 서둘렀지만 때가 너무 늦은 것이었다. 그러나 지금 생각하면 나이도 잊고 아이들처럼 들떠서 매화를 찾아다니던 그 봄날의 오후가 그리워지기도 한다.

그날 매화를 실컷 구경했더라면 오히려 흥미를 잃어버렸을지도 모른다. 그러나 한나절을 헤맨 보람도 없이 뜻이 무산되어 버렸으니 내년에라도 반드시 꽃을 보아야겠다는 욕심이 남았다. 무엇보다도 나에게 매화 한 그루 정도는 꼭 길러보리라는 강한 욕구를 심어준 것은 꽃가게 주인이었다. 그는 그가 가지고 있던 청매화를 칭찬하였는데 중국 사람들처럼 허풍이 심했다. 청매화가 향기를 발하면 꽃가게 안의 장미든 백합이든 다른 꽃들의 냄새를 모조리 압도해 버린다는 것이었다. 정말 그런지 어쩐지는 실제로 냄새를 맡아보지 않아서 모르겠지만 주인의 말이 하도 그럴 듯하여 향기가 대단하리라는 인상을 받지 않을 수 없었다. 그날은 그냥 돌아왔지만 며칠 후에 돈을 준비하여 다시 그 화원을 찾았다. 그러나 아깝게도 청매화는 이미 팔린 후였다. 일이 이렇게 되자 누군지는 모르지만 그 매화를 사 간 사람이 몹시 부러워지고 꽃가게 주인의 말도 전적으로 허풍은 아닌 것처럼 느껴졌다.

　매화를 그리는 정은 이 교수가 한결 더 했다. 그는 봄이 다가고 여름이 되어서도 매화나무를 찾아다니더니 결국 마음에 드는 매화 두 그루를 구해서 손수 밭에 심었다. 그리고는 나에게 관리를 부탁했다. 나는 바쁜 일상생활로 차일피일 미루다가 찬 바람이 더욱 거세어지기 전에 매화를 돌볼 셈으로 밭에 나가 보았다. 두 그루 중 하나는 죽고 한 그루만 살아남아서 제법 잔가지를 쳤기에 그것을 화분에 옮겨 심었다. 아담한 화분에 올려서 이렇게 방안에 들여놓으니 비로소 할 일을 했다는 생각으로 안심이 된다.

　이제 두어 달 지나면 꽃을 볼 수 있을 것이다. 그때는 매화를 사랑하는 이 교수와 매화를 앞에 두고 옛 시를 감상하리라. 그때에 눈이라도 때맞추어 펄펄 내리면 얼마나 좋을까!

설중매를 감상하며 뜨거운 차를 마실 행운이 얻어진다면 얼마나 즐거운 일이겠는가!

한편으로는 무섭게 변하는 이 바쁜 세상에 너무 안일을 추구하는 것이 아닌가 하는 자성도 든다. 그러나 잠시 창가에 앉아 내리는 눈을 바라보며 꽃의 향기를 맡을 여유조차 찾을 수 없다면 우리의 인생이라는 것이 무엇이겠는가? 우리가 미친 듯이 뛰어 다니며 투쟁해나가는 것이 다 무엇이 겠는가? 매화 향기처럼 깊고 고요한 평화가 필요한 요즘이다.

좋은 생각

매화가 아니어도, 뜨거운 차가 아니어도,
펄펄 내리는 눈이 아니어도
잠시 쉬면서 우리 주변의 사소한 것에
눈길을 돌리는 여유가 필요하다.

동백꽃이 붉은 이유

전남 여수 오동도에는 동백나무가 많다. 전북 고창 선운사도 동백꽃으로 유명하다. 동백나무 잎은 겨울에도 지지 않고 꽃을 피운다. 동백꽃은 크고 튼튼하며 꽃잎이 두툼하다. 그래도 동백꽃이 투박해 보이지 않는 것은 선홍색의 화사함 때문일 것이다. 오래 전에 제주도 서귀포에서 눈 속에 핀 동백꽃을 본 적이 있다. 펄펄 내리는 함박눈 속에서 붉은 꽃송이가 피처럼 선명했다. 그때의 다른 일들은 다 잊었지만 동백꽃의 기억만은 아직도 생생하다.

동백나무 숲에는 동박새가 산다. 이 새는 은테 안경을 낀 것처럼 눈 주위에 하얀 고리무늬를 가지고 있어서 누구나 쉽게 알아볼 수 있다. 유난히 작은 새인데 동백꽃에서 꿀을 빨아먹는다. 동백꽃이 붉은 것은 이 새의 눈에 잘 띄게 하기 위한 것이다.

새들은 붉은색을 가장 잘 본다고 한다. 그래서 새가 꽃가루를 매개하는 꽃은 대개 붉은색을 하고 있는 것이다. 꽃뿐만 아니라 새들이 좋아하는 열매도 마찬가지로 붉다. 새들이 좋아하는 나무딸기나 감도 붉은색이다. 산사나무, 마가목, 윤노리나무, 붉나무, 노박덩굴, 산딸나무, 청미래덩굴 등의 열매도 잘 익으면 어김없이 붉게 변하여 산새들을 부른다. 새들은 그러한 열매를 먹고 그 대신에 씨앗을 멀리 퍼트리는 역할을 하는 것이다.

사람의 선조들도 처음에는 숲 속에서 나무 열매를 먹고살았을 것이다. 그래서 새들처럼 나무 열매를 찾지 않으면 안 되었다. 그러다 보니 사람도 새들처럼 붉은색에 마음이 끌리게 되었다. 동백꽃이 동박새에게만이 아니라 사람들에게도 매력적으로 보이는 이유이다. 색깔을 느끼지 못하는 소나 개나 고양이는 불타는 듯한 동백꽃의 의미를 알 수 없을 것이다. 오직 새와 사람만이 그 정취를 알고 동백꽃을 찾는다. 🍀

좋은 생각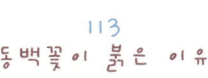

동백꽃이 사람을 부르는 것은 아니다.
사람이 동백꽃을 찾는다.
특별한 사연이 있는 사람도 있겠지만
궁극적으로는 새와 사람의 심미안이
비슷할지도 모른다고 생각된다.

.

눈 속의 고향

밖에는 눈이 내리는데
구내식당 난롯가에 앉아서
뜨거운 미역국을 마신다.

나는 거대한 고래처럼
조개와 새우가 숨어있는
미역의 숲과 그 숲이 헤엄치는
태초의 바다가 이랬을까
해초와 조개는 없었지만
생명의 원료를 녹여서 뜨겁게 뜨겁게
농축시키고 있었으리라.

그래서 언젠가 잉태된 생명을
바다는 어머니의
따뜻하고 짭짤한 양수 속에서
고이 길러내었으리라.

밖에는 눈이 오고 추운데 나는 태초의 바다,
생명의 바다를
내 혈관 속에 끌어들여서
뜨겁고 힘찬 또 하나의 조류를 만든다.

벌써 오래 전에 썼던 짧은 글이다. 그러나 지금도 이 글을
쓰던 때의 기분은 생생하게 기억난다. 초겨울의 날씨가 제
법 싸늘하다 싶었는데 강의를 마치고 점심을 먹기 위해 대
학교 구내식당을 향하여 가다 보니 눈이 펑펑 쏟아지고 있
었다. 머리와 어깨에 쌓인 눈을 털고 식당 안에 들어가니 사
람들이 그리 많지 않았다. 나는 아주 편안하게 난롯가에 자
리를 잡을 수 있었다. 눈이 오는 날에는 난로가 더 따뜻하게
느껴지는 법이다.

그날 구내식당의 메뉴는 뜨거운 미역국이었다. 김이 모락
모락 나는 뜨거운 미역국을 마시면서 나는 먼 고향을 그리

는 향수를 느꼈다. 그것은 너무 멀고 너무 오래 전에 잊어버려서 생각해내기조차 어려운 향수였다. 고향의 어머님 같기도 하고 눈물 같기도 한 막연한 느낌이었다. 그러다가 문득 그것은 내가 먹고 있던 짭조름한 미역국 때문이라는 것을 깨닫게 되었다. 어머니는 나를 낳으셨을 때 미역국을 드셨을 것이다. 그리고 내가 이 세상에서 맛본 눈물의 맛은 영락없이 미역국처럼 짭조름했던 것이다. 그것은 미역국의 맛이기도 하고 바다의 맛이기도 했다. 그렇게 생각하니 나는 단순히 미역국을 마시는 것이 아니라 고래처럼 바다를 마시고 있다는 착각마저 드는 것이었다. 내가 마시는 미역국의 바다 속에는 조개도 있고 새우도 있었다. 그것들이 숨어 있는 미역의 숲은 흔들흔들 헤엄치는 것처럼 보였다. 바다의 모습이었다. 그러나 그 바다는 차가운 바다가 아니다. 뜨거운 바다! 태초의 바다가 그처럼 뜨거웠으리라. 그 당시에는 해초도 조개도 없었겠지만 여러 가지 생명의 원료가 되는 물질들이 그 뜨거운 바다 속에서 끓고 있었을 것이다. 그래서 바다는 생명을 잉태하게 되었고 자애로운 어머니처럼 그 품 안에서 여러 가지 생물들을 길러내었을 것이다. 그러므로 태초의 바다는 우리들 생명의 고향이며, 나는 따뜻한 한 그릇의 미역국을 마시면서 그처럼 알 수 없는 향수를 느꼈던 것이다.

　식사를 마치고 밖에 나오니 여전히 눈은 펑펑 내리고 있었다. 그리고 추웠다. 그러나 나는 옷 속에 난로라도 넣은 양 푸근한 기분을 느꼈다. 태초의 바다, 생명의 바다를 내 혈관 속에 끌어들였으므로 밖에는 눈보라가 쳐도 몸속에서는 뜨겁고 힘찬 피가 조수처럼 흐르고 있었기 때문이다. 대수롭지 않은 미역국 한 그릇이 그처럼 나를 즐겁게 해주기는 처음이었다. 그래서 지금도 나는 그 눈 내리던 날을 생생하게 기억하고 있는 것이다.

　눈이 산과 들을 덮으면 우리들이 살고 있는 낯익은 일상생활도 하얗게 지워져 버린다. 그래서 우리는 현실과 동떨어진 먼 나라를 생각해낸다. 그 먼 나라는 아주 모르는 신비로운 곳이 아니라 우리가 잊고 살았던 고향이다. 눈은 더러운 것도 추한 것도 깨끗하게 표백해준다. 그래서 우리의 마음도 가장 깊고 순수한 상태로 돌아가는 것이고 불현듯 고향을 떠올리게 되는 것이 아닌가 짐작해 본다. 고향이야말로 우리가 늘 그리워하고 언젠가는 돌아가서 쉬고 싶어 하는 귀의처가 아니겠는가?

　언젠가 마음속에 항상 떠오르는 추억을 더듬어서 어릴 때 살던 골목이며 집들을 둘러본 적이 있었다. 그러나 그곳은

너무 많이 변해 있었다. 어쩌면 고향은 이미 오래 전에 지상에서 사라져 버렸는지도 모른다. 그래서 요즈음 나는 고향을 별로 찾으려 하지 않는다. 가 보았자 세월의 무상함과 허망함만 느껴지기 때문이다. 차라리 눈을 감으면 선명하게 떠오르는 고향의 이미지가 마음을 더 평화롭게 해 준다는 것을 차츰 깨닫고 있다. 다른 사람들은 어떨지 몰라도 나의 고향은 내 마음속에 있을 뿐이다. 아니면 내 핏속에 녹아 있던가….

좋은 생각

고향은 단순히 우리의 어린 시절의 기억이 머무르는
장소만은 아닌 것 같다. 고향이 무엇인가를 알려면
눈이 소리 없이 쌓이는 밤, 세상에서 가장 평화로운
설경이 펼쳐질 때 마음속에 떠오르는 것이
무엇인가를 조용히 관조해 보면 잘 알 수 있을 것이다.

첫 눈 오 는 날 에

비가 올 것 같아 우산을 들고 집을 나섰는데 곧 눈발이 날리기 시작했다. 그해의 첫눈이었다. 겨울이 너무 포근하다 했는데 역시 절기(節氣)는 어김이 없다. 그러나 우산은 아무래도 괜히 가지고 나온 듯 싶었다. 누구나 겪는 일이겠지만 눈이 올 때의 우산은 옛 이야기 속에 나오는 '팔려 가는 당나귀' 만큼이나 처치 곤란한 존재이다.

우산을 펴 들면 젊은이들은 말할 것이다.

"저 사람은 낭만도 없나 보다. 더구나 오늘같이 첫눈 오는 날에…"

우산을 접으면 나이 든 분들은 속으로 생각할 것이다.

"안 가지고 나왔으면 몰라도 손에 든 것을 왜 안 받아? 저 친구 이마만 벗어졌지 아직 철은 덜 들었군."

접지도 펴지도 못하면 사람들은 또 혀를 찰지도 모른다.

"사람이 저렇게 줏대가 없어서야 원…."

아무튼 그날 아침에 눈을 고스란히 맞으며 출근한 것은 결코 낭만 때문이 아니었다. 이제는 젊다고도 할 수 없고, 그렇다고 늙었다고도 할 수 없는 어정쩡한 계절에 서서 갈피를 잡지 못했기 때문이었다.

일자리에 도착하여 난로에 불을 지피고 있는데 아내로부터 전화가 걸려 왔다.

"나예요. 첫눈이 오는데 전화도 안 해 주시기예요?"

"미안해. 이제 막 도착해서…."

궁색한 변명을 둘러대면서 나는 한 마디 덧붙였다.

"그러고 보니 당신은 나보다 젊군."

아내는 나의 말뜻을 이해했을까? 🍀

좋은생각

나도 모르는 사이에 일어나는 변화들은
가끔 나를 당혹하게도 하고, 놀라게도 하고,
또 서글프게도 한다. 세월에 깎여 점점 무디어져가고
있는 감성의 촉수들. 구르는 낙엽에도
웃음을 터뜨릴 수 있는 젊음은 얼마나 싱그러운지….

첫눈 오는 날에

채워야 할 공간

나는 화가 한 사람을 알고 있다. 그는 그림을 너무 좋아하다 보니 화가가 되지 않을 수 없었다고 말한다. 집이 가난해서 대학에 다니지는 못했지만 화가로서 훌륭히 성공했다. 나는 그 화가로부터 좋은 이야기를 자주 듣는다.

언젠가 그는 하얀 캔버스 앞에 앉으면 처음에는 몹시 두려움을 느낀다고 했다. 아무것도 그려지지 않는 백지가 무엇이 그렇게 두렵다는 것인지 그림을 그리지 않는 나로서는 이해하기가 어려웠다. 그러나 그에게는 하얀 캔버스가 단순한 공간이 아니라 무언가를 가득 메워야 할 또 하나의 세계라는 것이다. 몇날 며칠을 두고 때로는 몇 달 몇 년에 걸쳐서 메우고 메워도 부족한 우주라는 것이다. 흰 공간의 그러한 중압감 때문에 그는 새로운 캔버스 앞에 앉으면 연필이나 붓으로 아무거나 마구 그어서 그것이 단순한 천 조각에 불과하다는 것을 확인하려고 한다고 했다. 그러면 다소 마음이 안정되고 막연한 공포감에서 벗어나게 된다는 이야기였다.

나는 그의 이야기를 들으면서 한 번도 가본 적이 없는 어느 수도원의 뒤뜰을 생각한다. 나무나 꽃이 심겨져 있던가 싱싱한 채소가 자라던가 아니면 신비로운 약초가 재배되고 있을지도 모른다. 아무튼 벽으로 둘러싸인 그 작은 뜰은 어느 다른 정원보다도 고요한 정적에 잠겨 있을 것 같다. 그런데 내가 상상하고 있는 것은 우리나라의 수도원이 아니라 동유럽 체코에 있는 '부른'이라는 도시의 어떤 수도원이다. 그 수도원의 뒤뜰에는 오십 평 남짓한 밭이 있다. 신부님은 그 밭에 무엇을 심을까 고심한다. 마치 화가가 빈 화폭을 무엇으로 채울까 고심하는 것처럼 신부님도 여러 가지 식물들을 떠올린다. 그러다가 결국 완두콩을 심기로 결정한다. 나무나 평범한 식물인 것으로 보아서는 그 신부님이 평소에 완두콩을 즐겨 먹었기 대문인지도 모른다.

이쯤 이야기하면 대부분의 사람들은 내가 멘델의 이야기를 하고 있음을 금방 알아챌 것이다. 그렇다. 나는 멘델의 이야기를 조심스럽게 꺼내고 있는 것이다. 내가 이 이야기

이야기를 조심스럽게 꺼내고 있는 것이다. 내가 이 이야기를 이렇게 장황하게 하고 있는 이유는 지금 매우 평범한 이야기를 한다는 것을 강조하려 함이다. 완두콩을 밭에 심는 농부는 우리나라에도 얼마든지 있다. 내 이야기의 특별한 점이라고는 장소가 수도원이고 농부가 신부님이라는 것만 다를 뿐이다.

멘델은 농부처럼 시장에서 완두콩의 씨앗을 사다가 심었다. 그는 곧 완두콩이 모두 같지는 않다는 것을 알게 되었다. 어떤 것은 키가 작았고 어떤 것은 키가 컸다. 빨간 꽃을 피우는 것이 있는가 하면 흰 꽃을 피우는 것도 있었다. 멘델은 다른 성질을 가진 것들만 분리하기도 하고 인공적으로 교배도 시켜 보았다. 그리고 7년 동안이나 완두콩을 기르면서 관찰한 결과를 자세히 기록해서 세상에 발표했다. 하지만 세상 사람들은 그의 연구결과를 알아주지 않았다. 멘델은 수도원장으로서의 직책에 충실하느라 더 이상의 연구를 계속하지 못했다. 그리고 나이가 들어 세상을 떠났다. 그로부터 15년의 세월이 흐른 후 세상 사람들은 비로소 요한 그레고르 멘델 신부가 얼마나 위대한 발견을 했는가를 알게 되었다. 세월이 갈수록 멘델의 과학자로서의 명성은 더욱 높아졌다. 그는 유전학의 창시자로 불리고 있는데 그 유전학이 지금은 눈부시게 발달하여 인간의 생활을 놀랄 만큼 변화시키고 있다. 21세기는 유전공학이 과학의 핵심 분야로 자리 잡고 있다. 그러므로 멘델의 영광은 앞으로도 더욱 커질 것이며 인류가 존재하는 한 영원히 기억될 것이다.

이러한 엄청난 결과도 출발점을 찾아보면 수도원의 뒤뜰로 거슬러 올라간다. 폭 5m, 길이 35m인 자그마한 밭으로, 우리 식으로 계산하면 54평의 면적이다. 요즈음 우리나라의 다소 넓은 아파트 면적에 불과한 작은 공간에서 멘델은 그처럼 대단한 일을 해낸 것이다. 그것은 위대한 발견은 가장 평범하고 보편적인 것으로부터 나온다는 사실을 다시 한 번 깨닫게 해준다.

하느님이 나에게 오십 평의 밭을 주시고 마음대로 쓰라고 한다면 나는 무엇을 심어야 할지 오랫동안 망설일 것 같다. 멘델처럼 완두콩을 심을 수는 없을 것이다. 남극을 처음으로 정복한 사람이 둘일 수 없듯이 과학의 법칙도 일단 알려지면 두 번째의 실험은 그것을 확인해 주는 의미밖에는 없기 때문이다. 그렇다고 아무것도 심지 않을 수는 없다. 채소를 심어서 이웃에 나누어주거나 꽃을 가꾸어 거리를 아름답게 장식하는 일이라도 해야 할 것이다.

무엇을 해도 좋다는 큰 자유를 얻었지만 막상 그것을 어떻게 써야 할지 모를 때 우리는 참으로 막막한 기분을 느낀다. 그렇게 생각해보면 앞서 말한 화가가 하얀 캔버스 앞에서 두려움을 느낀다는 말을 조금은 이해할 수 있을 것도 같다. 화폭의 크기가 문제가 아닌 것이다. 천재적인 화가라면 작은 화폭에 우주라도 담을 수 있을 것 아니겠는가. 그러므로 붓을 들기 전에 얼마나 많은 망설임과 주저가 따르겠는가!

좋은 생각

우리는 공간을 쓰는 데에 많이 서투르다.
가끔 넓은 방에 홀로 있으면 내 자신이 초라하다는
느낌을 받는다. 반면에 작은 인간의 몸으로
세상을 가득 채우는 사람도 있다.
작은 화폭에 세상을 담는 화가처럼 말이다.

유리창

어떤 학자는 우리들의 뇌 속에 전기적인 회로가 새로이 형성됨으로 해서 기억이라는 현상이 생긴다고 말한다. 또 다른 학자는 뇌 속에 핵산과 단백질로 되어 있는 특수한 기억 물질이 있어서 그것들이 축적되어 가는 것이 바로 기억의 메커니즘이라고 주장한다. 어느 쪽이 맞는지는 아직 아무도 모른다. 물론 나도 알지 못한다. 다만 내 나름대로 이 문제에 대해 한두 가지 견해를 가지고 있을 뿐이다.

나는 아파트의 맨 아래층에 살고 있기 때문에 가끔 개구쟁이들이 가지고 놀던 공이 내 방으로 날아 들어오더라도 감수할 수밖에 없는 처지이다. 그리고 그런 정도야 크게 야

단칠 일도 아니라고 생각한다.

그런데 언제부터인가 일이 벌어지기 시작했다. 처음에는 샛별처럼 자그마한 균열이 생겨나더니 날이 갈수록 하얀 금이 그어져 나가는 것이었다. 다행히 유리창이 부서져 나갈 정도는 아니지만, 계속되는 충격 탓에 갈라지기 시작한 선의 길이는 점점 길어지고 있다. 나는 걱정스러운 눈으로 유리창의 상처가 나무 뿌리처럼 뻗어 가는 것을 지켜보고 있는 중인데, 문득 우리의 마음에 새겨지는 기억이라는 것도 이와 다를 바 없다는 생각이 들었다.

지난 일들을 생각하면 상처처럼 아픈 일들이 더 많고, 후회는 뿌리처럼 서로 뒤엉켜 있다. 그러고 보면 기억이란 우리의 뇌 조직에 상처를 자꾸만 만들어 가는 현상이라고도 말할 수 있지 않을까 생각된다.

그렇다면 현명한 사람은 과연 누구인가? 어찌 생각하면 노인의 주름살처럼 많은 상처를 가진 사람일 것도 같고 달리 생각하면 맑은 유리창처럼 흠집 없이 세상을 볼 줄 아는 사람 같기도 하고….

아무튼 나는 좀더 두고 보기로 했다. 유리창을 갈아 끼워야 할 것인가 말 것인가를 결정하기 위해서는….

좋은 생각

오래된 사진첩을 보고 있노라면 희한하게도
사진에 담긴 그 순간만큼은 기억이 생생하다.
마치 그 시절, 그 순간으로 되돌아가기라도 한 듯
미소를 짓기도 하고, 회한에 잠기기도 하고,
가슴이 뜨거워지기도 한다. 그 기억들이 있어
나는 또 다른 기억들을 만들어가며 오늘을 산다.

부부예찬

　　　　　　결혼기념일을 맞이하는 어느 부부를 생각
해 본다. 정말 긴 세월을 함께 살았다. 신혼 때 장만한 장롱
이 다 부서지도록 이사도 자주 했고 많이 다투기도 했다. 그
래도 아이를 낳아서 탈 없이 길러냈으니 그것만으로도 큰
축복이다.

　처녀 총각들은 결혼 후의 행복에 대해서만 꿈꾼다. 그에
따르는 고생은 간과한 채 말이다. 그들은 장가를 가면 아내
가 모든 뒷바라지를 다 해 줄 터이니 마음 편하게 할 일을
하겠구나 하는 기대에 차 있다. 아내 역시 남편의 서재에 커
피 잔을 들고 들어가서 즐거운 음악을 들으며 끝없는 이야
기를 나누는 달콤한 낭만에만 푹 빠져 있다.

　그러나 실제로 그렇게 사는 사람이 몇이나 되겠는가? 경
제적으로도 여유가 없고 사회적으로도 미숙한 젊은 결혼 생

활은 미혼 때의 꿈과는 거리가 멀다. 아내의 내조는커녕 쓰레기 치우고, 아기 기저귀 갈아주고, 잔소리하고 싸우면서 지내는 것이 결혼 생활이라는 것을 알게 되기에는 그리 오랜 시간이 걸리지 않는다. 아내 역시 빨래하고 청소하고 술 마시는 남편 기다리느라 속상해하고 아이들 뒤치다꺼리에 신경 쓰느라 달콤한 커피를 마시며 음악을 즐길 여유를 갖지 못한다.

처음에는 꼭 이렇게 살아야 하는 생각에 구속에서 벗어나서 자유로워지고 싶기도 한다. 솔직히 말해서 독신자들이 부럽기도 할 것이다. 그러나 나이가 들면서 혈기왕성하던 때에는 생각하지 못했던 감정이 새로 생기는 것을 느낀다. '귀소본능'이라고나 할까? 아니면 고독감이 더 강해지거나 마음이 약해졌기 때문인지도 모를 일이다. 아무튼 언제부터인가 이 가정을 떠나면 이 세상 어디에 마음 붙이고 살 곳이 있겠는가 하는 생각이 들기 시작하는 것이다.

돈이 많아서 실컷 여행을 즐기고 하고 싶은 일은 모두 할 수 있다 하더라도 마음의 평화를 얻을 수는 없을 것 같다. 명예가 높아서 세상 사람들이 다 우러러본다고 하더라도 마음에 메울 수 없는 공허한 구석이 있을 것이다. 세상에서 가장 강한 권력자가 되어 사람들을 턱 끝으로 부린다고 하더라도 나 자신이 또 하나의 노예에 불과하다는 것을 느낄 것이다.

　먼 나라를 여행하고 나서 돌아와 쉴 곳이 있다는 것은 얼마나 좋은 일인가! 즐거운 일이 있을 때 같이 즐거워하고 슬픈 일이 있을 때 같이 슬퍼해줄 가족이 있다는 것은 어떤 명예보다도 소중한 일일 것이다. 가족들에게서 기대되는 헌신적인 봉사는 어떠한 권력으로도 끌어낼 수 없다. 가정이 세상에서 가장 소중한 장소라고 여기는 것도 그 때문이다.

　우리가 가정으로부터 그처럼 큰 위안을 받는 것은 무엇 때문일까? 아마도 아이들 때문일 것이다. 남편이나 아내는 서로 미워해도 제 자식을 미워하는 사람은 없다. 아이들 앞에서는 어떤 부모라도 성인과 다름없다. 이웃을 사랑하라는 계명은 있어도 자식을 사랑하라는 계명은 없고, 부모에게 효도하라는 계명은 있어도 자식을 사랑하라는 계명은 없는 것을 보면 더욱 그렇다. 그것은 자식을 사랑하지 않아도 된다는 말이 아니라 구태여 계명을 만들 필요가 없기 때문이다. 어느 부모든 자식을 위해 목숨을 바치는 일을 주저하지 않는다. 그것은 짐승이나 새나 벌레도 마찬가지다. 만일 그렇지 않다면 어떻게 땅 위에 저렇게 숲이 무성하고 물 속에 물고기가 넘치며 하늘은 새의 날개로 가득 찰 수 있겠는가?

모든 생명은 사랑으로 인하여 태어나고 길러지고 유지되는 것이다. 어쩌면 생명 자체가 사랑인지도 모른다는 생각마저 든다.

가정은 하느님께서 인간을 창조하셨듯이 자식을 낳고 피와 살로 그 자식을 기르는 사랑의 실천장이다. 기독교인이 아니더라도 부모 된 사람이면 누구나 가정에서는 기독교의 정신을 그대로 실천하고 있는 것이다.

그러나 세상에는 좀처럼 이해할 수 없는 사람들도 있다. 제가 낳은 아이들을 팽개치고 외면하는 부모들이다. 그렇게 해서 얼마나 행복해질 수 있으리라고 기대하는지는 모르지만 참으로 모진 사람들이다. 자식을 위해서가 아니라 자신의 안락함을 위해서 재혼하는 홀아비들은 추해 보인다. 그들은 몸은 편할지 모르지만 마음의 평화는 영영 잃고 말 것이다. 아이는 가정의 중심이다.

두 사람이 엮어온 오랜 세월은 참으로 값진 것이다. 남남이 한 지붕 밑에서 한 솥 밥을 먹으며 한 이불을 덮고 평생을 지내다 보니 처음에는 서로 이해 못하고 다툼이 일어나는 것도 당연한 일이다. 그러나 함께 살아온 세월이 긴 부부일수록 성격이며 생김새까지도 닮게 된다. 마치 남매처럼 말이다. 아마 영혼은 겉모습보다 더 많이 닮아 있을 것이다.

그래서 세상에서 아내를 가장 잘 이해해 줄 사람은 남편밖에 없다고들 말하는가 보다. 🍀

좋은생각

긴 인생을 함께 살아온 노부부를 보라. 그들의 심장에
무슨 애욕의 불길이 타고 있을 수 있겠는가.
그런데도 산책길에서 두 노인 부부가 손을 꼭 잡고
다니는 것을 보면 그 누구보다도 행복해 보인다.
그것은 아이들을 낳아서 고생스럽게 길러낸 노고에 대한
당연한 대가이다. 이것이야말로 하느님의 창조 작업에
충실하게 협력한 보상이라고 할 수 있을 것이다.
그러한 노부부를 나는 예찬한다.

거울 속의 소년

거울을 들여다보며 면도를 하고 있으려니 까마득하게 잊혀졌던 옛일이 하나 생각난다. 열다섯 살 소년 시절의 어느 날, 나는 턱이며 코 밑에 수염을 그려 넣는 장난에 푹 빠져 있었다. 지금처럼 거울을 들여다보며 어른이 되었을 때의 내 모습을 상상해본 것이다. 그때는 내가 장차 어떤 사람이 될 것인가를 알 수만 있다면 미래에 대한 불안감 따위는 깨끗이 사라질 것 같은 느낌이었다. 그것이 어제의 일처럼 느껴져서 나는 문득 거울 속의 소년에게 말을 건네고 싶어진다.

"자, 보아라. 내가 삼십 년 후의 너의 모습이다. 이제는 알겠느냐? 네 마음에 드느냐?"

그러나 헛되고 헛된 일이다. 꿈 많던 소년은 어느 사이에 사라져 버리고 그 자리에 귀밑머리가 희어지고 눈가에 주름이 잡힌 중년의 모습이 들어서 있다. 이제는 소년이 내 질문에 대답하려 하지 않는다.

좋은 생각

소년이 품었던 무한한 희망, 미래에 대한 동경,
그리고 막연한 불안함들…. 지금은 기억조차 희미한
그 풋풋한 꿈들을 떠올리며 오늘도 거울을 들여다본다.
소년에게 부끄럽지 않은 사람이 되기 위해서,
소년이 꿈꾸었던 미래와 비슷해지기 위해서.

독서의 계절

　　선진국에 비하여 우리나라 사람들은 책을 많이 읽지 않는다고 한다. 우선 나부터도 독서를 많이 하는 편이 못 된다. 물론 전문적인 서적은 끊임없이 읽고 있지만 그것은 직업상의 일이므로 학생들이 교과서를 공부하는 것과 별반 다를 바 없다. 그러한 것을 독서라고는 할 수 없다.

　　우리가 흔히 독서라고 하면 일반적으로 교양을 넓힐 수 있는 책 읽기를 말하는데 그런 의미에서라면 나는 별로 독서를 많이 한다고 내세울 수 없다. 내 일과 별로 관련이 없는 책들을 한가하게 읽고 있을 여유가 없기 때문이다. 그럴 시간이 있으면 전공 서적을 읽는 것이 더 유익하다는 생각이 드는 것이다.

그러나 독서를 전혀 하지 않는 것은 아니다. 살다가 보면 때로는 일이 손에 잡히지 않고 만사가 귀찮아질 때가 있다. 그런 때는 가끔 탐정소설이나 공상과학소설을 찾는다. 그러한 책들은 아주 재미있게 썼기 때문에 잠시 세상일을 잊어버리고 이야기에 몰두할 수 있게 해 준다. 양식 있는 작가가 쓴 경우를 제외하고는 탐정소설이나 공상과학소설의 대부분은 읽을 때는 재미있지만 다 읽고 나면 남는 것이 별로 없어서 허전할 때가 많다. 그래서 그러한 것들보다는 요즈음 신문이나 잡지에서 베스트셀러라고 평하는 책들이 더 낫지 않을까 생각하고 있다.

며칠 전에 『동의보감』이라는 책을 읽었다. 수십만 부가 팔렸다는 기사를 읽은 적이 있어서 나도 한 번 읽고 싶다는 충동이 생겼던 것이다. 읽어보니 과연 재미가 있었다. 학생 시절 같으면 단숨에 읽어버렸겠지만 이제는 그렇게 빨리 읽지 못할 뿐 아니라 그것만 붙들고 앉아 있도록 주변 상황이 허락하지 않는다. 그래서 읽던 면을 접어놓았다가 시간이 나면 또 읽고 일이 생기면 다시 접어놓곤 했다. 그것은 여간 즐거운 일이 아니었다. 그 책을 다 읽는 동안은 무언가 즐거운 일이 기다리는 듯한 느낌이 들고 일상생활도 한결 탄력이 생기는 것 같았다. 베스트셀러라고 해서 모두 유익한 것은 아니겠지만 앞으로 도무지 신나는 일도 없고 생활이 권태로울 때는 가끔 이 방법을 써 볼 심산이다.

『동의보감』을 다 읽고 나서 다른 읽을거리가 또 없나 하고 찾아보았다. 마침 서가에 심훈의 『상록수』가 눈에 띄었다. 서점에 가기도 귀찮아서 그 책을 꺼내어 읽기 시작했다. 그 책은 오래 전부터 서가에 꽂혀 있었다. 십여 년이나 그 책을 가지고 있으면서도 그것을 읽어 볼 생각은 하지 않았다. 좋은 책인 줄은 안다. 학창시절에 배워서 그 줄거리마저 어느 정도는 알고 있다. 그러나 이미 시대가 다르고 내용도 케케묵은 구닥다리인 것을 새삼스럽게 읽어 볼 필요가 있나 하는 생각이 들었던 것이다. 그런데 읽어나가다 보니 딱딱하고 교훈적일 것이라는 예상과는 달리 아주 재미있었다. 무슨 농촌운동이나 독립운동 같은 것을 강조하는 그런 내용도 아니었다. 인간 마음의 움직임을 진술하게 그려나가는 작가의 태도가 마음에 들었다. 나는 『동의보감』을 읽을 때처럼 책갈피를 접었다 폈다 하면서 흥미롭게 읽어나갔다.

생각해 보면 아직 그 유명한 『상록수』도 읽어보지 않았다는 것은 이 나라의 지식인으로서 부끄러운 일이다. 외국의 유명한 소설들은 읽지 않으면 큰일 날 것처럼 빠짐없이 찾아서 읽으려 들면서 우리나라의 책은 너무 등한시했다. 외국의 명작에 비하여 우리나라의 책이 수준이 낮고 재미가 없는 것이 결코 아니라는 점을 알게 되었다.

『동의보감』의 저자는 그 소설을 십 년 동안이나 썼다고 한다. 그런데도 완결을 보지 못하고 세상을 떴다고 한다.

『상록수』를 쓴 심훈도 책을 완성한 다음 해에 세상을 떴다. 우리가 읽을 때는 간단한 책 한 권이지만 저자들은 일생을 바쳐서 얻어낸 결실이다. 그러므로 저자가 진정으로 사람들을 위하는 마음을 가지고 모든 정성을 다해 만든 책이라면 외국의 작품이든 우리나라 사람의 작품이든 현대의 베스트셀러이든 고전이든 간에 감동을 주고 재미를 느끼게 해 줄 것이다. 🍀

좋은생각

나는 요즈음 우리나라의 책을 읽는 즐거움을 알았다.
그래서 시간 나는 대로 우리의 작품을 읽어보고 있다.
또한 다른 사람들에게도 우리의 작품에
관심을 가져야 한다고 권하고 있다. 그것이 바로
우리의 문화를 다듬고 더욱 높이는 길이
될 것이기 때문이다.

임금님 귀는
당나귀 귀

　　당나귀처럼 귀가 커진 신라의 경문왕 얘기를 모르는 사람은 아마 없을 것이다. 길어진 귀가 부끄러워 감추는 왕과 그 비밀을 폭로한 복두장이의 이야기 말이다. 그 이야기를 들을 때마다 나는 엉뚱하게도 경문왕은 큰 귀를 왜 부끄러워했을까 하는 생각을 하게 된다. 부처님의 가만히 내리 뜬 눈도, 부드러운 미소를 띤 입도, 코도 크지 않지만 유독 귀는 어깨에 닿을 정도로 크다. 노자 역시 '성은 이(李)요, 이름은 이(耳)' 라고 하였으니 어렸을 때부터 귀가 남다르게 컸으리라고 짐작이 된다. 부처님과 노자의 귀가 그렇게 크지 않았던들 공(空)이니 무(無)니 하는 궁극의 소리를 어찌 들을 수 있었겠는가! 임금님의 귀가 커짐은 만백성의 소리를 잘 들으라는 하늘의 뜻일 터인데 그것을 감추어서야 아깝다 할 수밖에.

지금 나에게 옛 임금처럼 큰 귀가 있다면, 먼저 가까운 대나무 숲으로 가겠다. 아니면 갈대가 무성한 바닷가나 냇물이 졸졸거리는 계곡을 찾아 나서겠다. 그래서 바람소리, 나뭇잎 스치는 소리, 새소리와 풀벌레 소리를 가만히 들어 보리라. 그러면 혹시 천 년 전의 한 노인이 눈물을 흘리며 터뜨리는 웃음소리가 그 속에 섞여서 투명하게 메아리칠지도 모를 일이다. 🍀

좋은 생각

진실을 감추려고 하는 권력을 놀리고 나무라는 날카로운 풍자가 담긴 옛 이야기 속에서 나는 세상의 소음에 대해 생각한다. 말하고 싶은 욕구는 웬만해서는 참기 어렵다.
그래서 세상은 늘 시끄럽다. 정전이 되듯
온 세상의 소리가 사라지면 어떨까?
가끔은 침묵이 그립다.

잔치

　　　　　　　　　지난 일요일에는 여러 가지 일이 겹쳐서
몹시 바빴다. 무려 네 가지의 행사가 있었는데 그 어느 쪽도
참석하지 않을 수 없는 상황이었다.

　아침에는 동생의 둘째 아기 돌잔치가 있었다. 간소하게
아침 식사나 같이 하면서 생일을 축하해 달라는 청이었다.
말도 못하는 아기가 무엇을 안다고 잔치를 해 주는가 하는
비판적인 생각도 들었다. 그러나 한편으로는 세상에 태어나
서 첫 생일을 맞는 것도 큰 일이므로 당연히 축하해 주어야
한다는 생각도 들어서 기꺼이 참석했다.

　낮에는 결혼식이 있었다. 고향 마을의 아는 분 아들이 결
혼한다는 연락을 받았는데 그곳에도 참석하지 않을 수 없었
다. 평소에 우리 집안일이라면 발 벗고 나서서 도와주던 정
을 생각하면 그냥 지나칠 수 없었던 것이다. 결혼식이야말

로 '인륜지대사'라고 하니 많은 사람들이 모여서 축하해 주어야 할 일이다.

결혼식이 끝나고 나서 가야 할 곳이 또 한 군데 남아 있었다. 이번에는 사촌누이의 회갑연이었다. 그곳에도 당연히 참석해야 했다. 산골의 가난한 마을에서 태어나서 한 평생을 아이들 뒷바라지로 보낸 누이를 위로하여 드리지 않을 수 없었다. 회갑을 맞이해서 그렇게 야단스럽게 축하해 드려야 하는지는 모르겠지만 아무튼 키 크고 잘생긴 아들딸들이 노래도 부르고 춤도 추며 즐겁게 해드리는 것을 보니 주름지고 왜소한 누이도 한평생 고생한 보람이 있구나 싶었다.

이처럼 온종일 다리품을 팔았으니 저녁에는 좀 쉬고 싶었지만 그렇게 나 좋을 대로 이루어지지 않는 것이 세상일이다. 저녁에는 저녁대로 외가의 아저씨뻘 되는 분의 탈상이 있었다. 그분은 같은 마을에 살았기 때문에 오히려 친가의 친척들보다 더 가까이 지내던 사이였다. 그래서 피곤하지만 참석했다. 자식이라고는 외동딸 하나를 남기고 회갑도 못되어 돌아가신 분이다. 그러니 문상하는 사람도 없으면 얼마나 쓸쓸하겠는가 싶어 술이라도 한 잔 올리고 싶었던 것이다.

그렇게 하루 종일 돌아다니다 집에 오면서 생각을 하니

하루가 너무 길어 까마득하게 느껴졌다. 돌잔치로 시작해서 결혼식, 회갑연 그리고 탈상에 참석했으니 어떻게 보면 사람이 한평생 겪는 큰일이라는 큰일은 모두 겪은 셈이었다. 살다보니 이런 때도 있구나 싶었다.

그러나 그런 일들은 하루가 아니라 사실은 매 순간마다 일어나고 있다. 내가 차를 타고 집에 가는 그 순간에도 어디선가 아이가 태어나고 결혼식이 있고 회갑연이 벌어지고 혹은 임종을 맞이할 것이다. 하느님은 사람의 머리카락까지도 낱낱이 세어두셨다고 하니 이 모든 일들을 다 알고 계실 것이다. 나는 나와 관련 있는 몇몇 사람의 잔치에 참석할 뿐이지만 이 순간에도 하느님은 무수한 돌잔치, 혼인잔치, 회갑연, 장례식에 참석하고 계실 것이라는 생각이 든다.

몇 년 전에 어느 초상집에 문상 갔을 때의 일이 생각난다. 90세의 할머니가 돌아가셨기 때문에 사람들은 별로 슬퍼하지도 않았다. 천수를 누리고 자손도 모두 잘 되었다. 그래서 조문객들도 많고 떠들썩한 분위기였다. 그 중에는 거지와 같은 차림을 한 몇 사람도 끼어 있었다. 그런데 문상객들이 많다 보니 그 거지들에게까지는 별로 신경을 쓰지 못하고 있는 것 같았다. 거지들은 오래 기다려도 먹을 것이 나오지 않자 불평이 대단했다. 참다못한 어떤 거지가 큰 소리를 질렀다.

"한 상만 차려주면 돌아가신 분을 살려 버리겠소!"

그 무례한 말이 오히려 유머러스하게 들려서 사람들은 웃음을 터뜨렸다. 더욱 우스운 것은 음식상이 당장 그 거지들에게 도착했다는 것이다. 그러자 거지는 기고만장해져서 다시 입을 열었다.

"요즘 사람들은 돌아가신 부모를 살려낸다고 해도 저렇게들 싫어한다니까…"

사람들은 또 한 번 실소를 하고 말았다. 그 거지가 안하무인격의 농담을 한 것인데 그것이 사람들의 마음에 공감을 일으켰던 것 같았다.

만일 그 거지가 하느님처럼 큰 능력이 있어서 돌아가신 노인을 정말로 살려낸다고 치자. 90세의 수를 누리고 편안히 쉬는 분을 깨운다면 그것이 과연 잘 된 일인지 아닌지 판단하기 곤란한 일이다. 앞으로 과학이 더 발달되면 혹시 죽은 이를 살릴 수 있을지 모른다. 요즈음은 죽은 동물의 말라버린 근육으로부터 유전물질을 회수해서 부분적으로나마 재생시키는 데 성공하고 있다. 그렇게 되면 아마 고대 이집트의 미라로부터 유전물질을 뽑아 인간을 만들어낼 날도 언젠가는 올 것이다.

그러나 아무리 그렇다고 하더라도 사람이 살아가는 근본 모습에는 변함이 없을 것이다. 생명이 있는 한 죽음이 있고 새로 태어나는 사람도 있다는 철칙은 변하지 않을 것이다. 그래서 먼 훗날에도 사람들은 새로 태어나는 아이를 축복하고, 세상을 떠나는 이를 애도할 것이며, 사람들은 잔치를 하고, 그 모든 것을 주관하시는 분도 언제나 그 자리에 함께 계실 것이다. 그것이 언제까지나 지속될 우리의 사는 모습이려니 하고 짐작해 본다.

좋은 생각

잔치는 연극적인 요소가 있다.
여럿이 모여서 한 가지 주제로 감동을 나누어 가진다.
극작가가 누구인지는 모르지만 우리는 그렇게
연극처럼 축하하거나 즐기거나 애도하면서 살아간다.

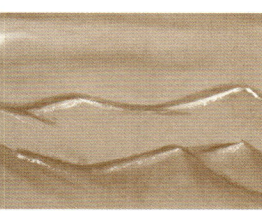

동창생

　　　　전화기가 고장이어서 전기상에 들렀다가
뜻밖에도 옛 친구를 만났다. 모습이 많이 변하긴 했지만 20
년 전에 전기상을 하던 바로 그 친구였다. 그 역시 나에게
남아 있던 옛 모습을 발견했는지 나를 알아보는 듯했다.
　　"이게 누구야. 목소리를 들으니 확실히 알겠네!"
　　그는 내 전화기를 무료로 고쳐주었고 나는 그에게 맥주를
샀다. 어린 시절 늘 같은 반으로 서로 다정하게 어울려 다녔
던 옛 친구와의 우연한 해후는 큰 즐거움이었다.
　　"나는 당나귀처럼 일했지. 그런데도 언제나 이 모양이
야."
　　그는 한숨을 쉬면서 말했다. 그의 말을 듣다 보니 문득 이
솝우화 속의 사자 가죽을 뒤집어 쓴 당나귀의 이야기가 생

각났다. 지난 세월이 나에게 어떤 가죽을 씌워 주었는지는 몰라도 그는 나를 겉모습보다는 목소리로 알아보지 않았던가! 그러므로 그가 당나귀처럼 한 세상 살아왔다면 나도 또한 당나귀! 잠시나마 내 본색을 깨닫게 해준 그 친구가 더없이 고마웠다.

좋은 생각

물질만능, 이기주의, 경쟁주의 등과 같은 단어들로
둘러싸인 바쁜 세상 속에서 진정한 친구의 모습은
점점 사라지고 있다. 날 위해 목숨을 걸 만한 친구,
내가 목숨을 걸고 싶은 친구가 한 명이라도 있다면
얼마나 행복하겠는가!

온돌방에 대한 단상

　　　　　　출장 중에 간혹 여관 신세를 질 때가 있다. 그럴 때 나는 침대가 있는 방보다 온돌방을 선호하는 편인데 요즈음 젊은이들은 어떨지 몰라도 나는 어릴 때부터 그렇게 자라서 습관이 되어 버린 탓인지 온돌방이 더 좋은 것이다. 그러나 곰곰이 생각해 보면 침대보다 온돌을 좋아하는 이유가 꼭 습관 때문만은 아니라는 생각이 든다.

　　우리는 종종 '배부르고 등 따뜻하다' 는 표현을 쓰곤 한다. 배가 부르면 기분이 좋다는 것은 쉽게 이해가 가는데, 왜 하필이면 등이 따뜻한 것으로 쾌적한 기분을 표현하는 것일까? 따뜻한 온돌방에 등을 대고 누워 있을 때 안락함을 느낀다는 말인가? 내 생각으로는 여기에는 또 다른 이유가 있을 것 같다.

지금은 난방이 잘 되어서 그런 일이 별로 없지만 얼마 전까지만 해도 겨울에는 교실이나 사무실에 난로를 많이 사용했다. 그래서 추운 날 밖에서 금방 들어온 사람은 활활 타오르는 난롯가를 먼저 찾아가곤 했다. 사람들은 먼저 목도리나 장갑 따위를 벗고 손을 내밀어 난롯불을 쪼인다. 일단 손이 따뜻해지면 양손을 마주 비비거나 얼굴을 문지른다. 그 다음에는 무릎이나 허벅지를 만지곤 한다. 기묘한 현상이 눈에 띄는 것은 이때쯤이다. 사람들은 대개 뒤로 돌아서서 뒷짐을 지고 난롯불을 쪼인다. 그쯤 되면 밖에 눈이 오건 얼음이 얼건 아무런 문제도 되지 않는다. 추위는 말끔히 가시고 쾌적한 활력을 얻게 되는 것이다. 이러한 일은 야외에서 모닥불을 쪼일 때도 마찬가지로 일어나는 현상이다.

　인체의 부위 중에서 가장 열에 민감한 부분은 손바닥이다. 그 다음이 등이다. 손바닥이 열에 민감하다는 것은 알겠는데 등 역시 열에 민감하다는 것은 쉽게 이해가 가지 않을 것이다. 그러나 거기에는 그럴 만한 이유가 있다. 강아지나 고양이를 잘 보면 햇빛을 많이 받는 부위는 등이다. 배는 그늘이 진 부위다. 그러므로 햇빛이 잘 비치는 따뜻한 곳을 찾아갈 때에는 등의 감각을 사용하는 것이 자연스럽다. 이것이 등에 온도를 감지하는 감각기가 더 많은 이유이다. 또한 개나 고양이의 배는 희지만 등은 거무스름해서 햇빛을 더 잘 받도록 되어 있다.

우리의 조상들은 그 사실을 잘 알고 있었다. 학문적으로 알지는 못했을지 몰라도 예민한 통찰력으로 그것을 파악하고 있었던 것이다. 그래서 등을 따뜻하게 하는 장치인 온돌을 만든 민족은 지구상에 우리밖에 없다고 한다. 우리가 만족스러운 상황을 표현할 때 사용하는 "배부르고 등 따뜻하다"는 말도 얼마나 잘 들어맞는 말인가! 꼭 온돌의 구들장 위에 누어서 등을 따뜻하게 할 때만 그러한 표현을 하는 것은 아니다. 편안한 상태를 일반적으로 그렇게 나타내는 것이다.

그러나 요즈음은 난방 시설이 잘 되어 실내 온도가 일정하니 등 따뜻하고 배 따뜻하고가 없지 않느냐고 반문할지도 모른다. 어쩌면 앞으로 배부르고 등 따뜻하다는 말도 이해하기 어려운 시절이 올지도 모른다. 배가 고파보지 않으면 배부른 줄도 모르는 법이다.

그렇다고 내가 지금 온돌 예찬론을 펴고 있는 것은 아니다. 한편으로 온돌은 사람들이 눕거나 방바닥에 앉는 생활을 강요한다. 그것은 정적인 자세이고 활동 공간이 넓지 못하다는 결점이 있다. 옛날에야 그것이 큰 결점은 아니었을

지라도 갈수록 활동적인 사람을 요구하는 시대에서는 꼭 바람직하지만은 않은 것이다.

아무튼 온돌방이라면 나처럼 뒤척이기를 많이 하는 잠버릇이 곱지 못한 사람도 최소한 자다가 굴러 떨어질 염려는 없는 것이다. 🍀

좋은 생각

생활에 묻은 지혜는 과학적인 지식 이상의
총체적인 것이다. 온돌방에서 자라온 우리에게는
더없이 편안한 고향 같은 생활양식이다.

낙엽의 작별인사

　　늦가을, 사무실을 나서서 자동차를 향해 가는데 무언가 뒤통수를 스쳐 목덜미에 끼어드는 듯한 감촉이 느껴졌다. 마치 누군가 손으로 툭 치며 가벼운 인사를 하는 것 같았다. 왼손을 들어서 만져보니 낙엽이었다. 마침 가로수 밑에 주차되어 있어서 차의 지붕에는 은행잎이며 느티나무 잎이 잔뜩 덮여 있었다.

　　나는 차를 몰아 곧바로 친척 한 분이 입원해 있는 대학 병원으로 갔다. 그분은 노령이어서 거동이 불편했고 사람을 잘 알아보지도 못했다. 가끔 희미한 목소리로 아픔을 호소할 뿐이었다. 먹을 것도 입에 잘 대지 않아 영양주사로 겨우 연명해가고 있는 중이었다.

　　이런 때 우리는 슬퍼진다. 허무해지기도 한다. 간호하는 사람의 고통이야 이루 말할 수도 없다. 처음에는 걱정스럽고 애처롭지만 날이 갈수록 지치고 고단하게 느껴지는 것이 사람의 마음이다.

나 역시 부모님을 모두 떠나보내 드리면서 그러한 사정은 익히 알고 있다. 아버지는 림프선 암으로, 어머니는 심장 질환으로 두 분 다 병원에서 돌아가셨는데 솔직히 고백하자면 간호하던 병실에서 도망치고 싶은 심정을 느낀 것이 한두 번이 아니었다. 모든 고통은 끝날 때가 있다. 빨리 끝나면 좋겠지만 그렇다고 빨리 끝나기를 바라서는 결코 안 되는 매우 기묘한 상황이다. 그저 답답할 뿐이다.

그때 나는 특별한 경험을 했다. 아버지는 임종이 가까워지자 나를 가까이 부르시더니 속삭이듯 말씀하셨다.

"이렇게 한 인생이 끝난다."

나는 펄쩍 뛰었다.

"그게 무슨 말씀이세요! 그런 약한 마음을 가지시면 안 됩니다!"

아버지가 회생하지 못하시리라는 것은 당신도, 나도 잘 알고 있었다. 그러나 그런 운명에 승복할 수는 없었다. '안 됩니다, 아버지. 이렇게 떠나보내 드릴 수 없습니다' 하고 저항하고 있었던 것이다. 그러나 아버지는 나와는 생각이 달랐다.

"잘 놀다 간다."

그리고 아버지는 아무 말도 하지 않으셨다. 아버지를 그렇게 보내 드린 지 어언 17년이 되었다.

나는 이제 떨어지는 낙엽을 보면서 생각한다. 저 낙엽이 생각이 있고 할 말이 있다면 무엇이라고 할 것인가 하고 말이다. 슬프다고 말할까? 쓸쓸하다고 말할까? 지난 여름이 그립다고 말할까? 그날 저녁 낙엽은 내 어깨를 두드리며 작별인사를 했다.

잘
　　놀다
　　　　간다.

　　잘
　　　　놀다
　　　　　　간다.

　　　　잘
　　　　　　놀다
　　　　　　　　간다…
　　　　　　　　　　　　안녕!

157
낙엽의 작별인사

좋은 생각

긍정적으로 세상을 보는 사람은 역경이나 죽음까지도
긍정적으로 생각한다. 허심탄회한 마음으로라면
이 세상은 살 만한 곳이 아니겠는가 싶다.

호랑나비의 비상

전남 여수 돌산도의 돌담 옆을 지나다 보니 탱자나무 울타리에 호랑나비 애벌레들이 붙어 있는 것이 눈에 띄었다. 문득 어렸을 때 보았던 호랑나비가 떠올랐다. 여름 내내 우리 집 탱자나무 울타리를 넘나들며 노닐던 호랑나비들이. 나는 애벌레가 붙어 있는 탱자나무 잎을 따서 집으로 가져왔다. 말하자면 어렸을 때의 향수가 나로 하여금 호랑나비 애벌레를 집에 가져오도록 했던 것이다.

나는 집 근처의 탱자나무에서 꺾어 온 가지를 병에 꽂아서 창가에 놓아두었다. 그리고 가져온 애벌레를 잎에 올려놓았다. 애벌레들은 잎을 잘 먹었다. 도망치지도 않았고 특별히 불편해 하는 것 같지도 않았다. 며칠에 한 번씩 탱자나무 가지를 바꾸어 주기단 하면 되었다. 그러나 날이 갈수록

먹성이 좋아지는 녀석들에게 잎을 가져다주는 일도 만만치 않게 되었다. 점점 커지는 초록색의 애벌레는 다소 징그럽기도 했으나 내가 자청해서 한 일이니 불평할 수도 없는 일이었다. 내다버릴까 하다가도 차마 그러지 못한 것은 애벌레가 호랑나비로 우화하는 것을 보고 싶은 마음 때문이었다.

그러던 어느 날 애벌레들에게 심상찮은 변화가 일어나기 시작했다. 유난히 똥을 많이 싸는가 하면 잎을 먹으려 하지도 않았고, 몸은 창백해지고 크기도 많이 줄었다. 그리고는 한 가닥 실을 내어 나뭇가지에 허리를 묶었다. 번데기가 된 것이다. 번데기는 먹지도 않고 일부러 건드리지 않으면 움직이려고 하지도 않았다.

그렇게 몇 주를 보냈는데 어느 날 보니 번데기는 비어 있고 호랑나비가 유리창가에서 날개를 펄럭이고 있었다. 금방 우화한 호랑나비였던 것이다. 날개의 물기도 아직 다 마르지 않은 상태의 녀석은 얼마나 깨끗하던지 비할 데 없이 신선해 보였다. 아니 신선하다기보다는 완벽하다는 표현이 더 정확하리라.

내가 만일 나비 수집가였더라면 당장 그 호랑나비를 잡아 청산가리의 증기를 쏘여서 죽였을 것이다. 그리고 가느다란 침을 꽂아 표본을 제작했을 것이다. 금방 나온 것이니 비늘

하나 떨어지지 않았다. 나비 전문가들은 그렇게 해서 완벽한 표본을 얻는다는 말을 들은 적이 있었다. 그러나 나는 그럴 수 없었다. 오히려 손을 뻗어서 호랑나비가 손등에 올라오도록 했다. 그리고는 창문을 열었다. 하지만 나비는 날개를 가볍게 떨면서 날아가려 하지 않았다.

"날아라, 이 녀석아!"

내가 아무리 재촉하여도 녀석은 날아가려 하지 않았다. 그러다가 어느 순간 날갯짓을 시작했다. 그리고는 하늘을 향해 빠르게 날아갔다. 마치 힘껏 돌팔매질을 한 것 같이 시원한 비상이었다. 그것은 생명의 환희였던 것 같다. 세상을 처음으로 만나는 기쁨과 자유를 마음껏 누리는 '환희' 말이다. 나는 그 모습이 너무 좋아서 호랑나비가 우화되어 나오는 대로 창문 밖으로 날려 보냈다. 그리고 나비들은 한결같이 일직선으로 창공을 향해 돌진했다.

프랑스의 시인 르나르는 나비를 "둘로 접은 이 쪽지는 꽃에서 꽃에게 보내는 연애편지"라 묘사한 바 있다. 나는 나비 수집가처럼 완벽한 표본을 얻지 못했다. 그러나 또 한편으로는 이렇게 생각한다. 내가 창공에 날려 보낸 편지도 그에 못지 않게 완벽했노라고….

좋은 생각

나비의 아름다움은 날개 무늬에만 있는 것은 아니다.
울타리를 넘나들며 춤추듯이 나는 동작도 아름답고 때로는
나비도 사람처럼 삶의 즐거움을 느끼는 것 같아서 좋다.

세상에서 가장 행복해지는 이야기

마음이 답답할 때

　　　　이유 없이 마음이 답답할 때가 있다. 사는
것이 다 번뇌라지만 나의 어리석음은 세상살이를 종종 힘들
게 하곤 하는 것이다. 그래서 나는 『법구경』의 이 짧은 구절
에 가슴이 저미도록 동감한다.

　　잠 못 드는 사람에게 밤은 길고
　　피곤한 나그네에게 길은 멀 듯이
　　진리를 모르는 어리석은 사람에게
　　생사의 밤길은 길고 멀어라.

　　내가 금산사를 찾은 것은 그러한 심정 탓이었다. 무엇보
다도 돈이 없다는 것이 가장 큰 문제였다. 자식들은 가르쳐
야지, 사회적인 신분에 맞도록 어느 정도 품위는 유지하고

살아야지, 돈은 필요한데 수입은 그에 따르지 못하지, 그것은 비단 나뿐만 아니라 요즈음 샐러리맨이라면 다 같은 처지일 것이다.

나는 답답한 마음에 거금 만 원을 투자했다. 금산사에는 불상을 모시지 않는 장소가 한 군데 있는데 그곳은 적멸보궁을 본떠서 만든 자리로 부처님의 진신 사리를 모신 탑만 있었다. 나는 그 탑 앞에 놓여진 헌금함에 만 원을 넣었던 것이다. "불쌍한 이 중생을 보살펴 주십시오." 하는 기도와 함께.

그런 나의 모습을 보고 금산사에 동행한 김 교수가 물었다.

"얼마나 필요하신가요?"

"글쎄요, 내가 만 원을 보시했으니 아무럼 부처님께서 모른 체 하시지는 않겠지요. 한 백 배 정도는 답례하시지 않을까요?"

"백 배가 뭡니까? 너무 쩨쩨하시군요. 그래도 부처님이신데 적어도 만 배 정도는 생각해 주시겠지요."

설마 그럴 수 있겠는가! 김 교수의 말에 나는 '농담도 지나치면 안 되는데…' 하고 생각했다.

그 일은 그렇게 장난처럼 스쳐 지나갔다. 그리고 며칠 후 정말 장난 같은 일이 벌어졌다. 얼마 전에 신청해 둔 연구비가 선정되었다는 것이다.

일요일에 나는 금산사 뒤의 모악산에 올라갔다. 산세가 험했지만 그래도 숨을 고르며 정상에 오르니 마음이 아주 개운해졌다. 그곳에서 나는 생각했다. 우리가 하느님이든 부처님이든 간에 누군가에게 기도를 한다는 것은 결코 무의미한 일이 아니라고 말이다. 하느님이나 부처님은 우리가 아무리 간절히 기도한다고 해서 복권에 당첨되도록 해 주지는 않을 것이다. 그러나 우리가 몰랐던 사실을 바르게 알도록 일깨워 준다는 것은 틀림없는 사실인 것 같다. 그것이 진정한 구원이 아닐까? 짐작하건대 아마도 『법구경』은 이렇게 말하고 싶었으리라.

밤이 긴 것이 아닌데도 사람이 스스로 잠을 못 이루고
길이 먼 것이 아닌데도 나그네 스스로 피곤할 뿐
알고 보면 생사의 밤길은 길지도 멀지도 않아라.

좋은 생각

기적은 우리 자신의 노력과 힘에서 나오는 것이다.
마음이 답답할 때는 기도하라.

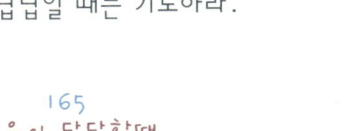

벽오동 심은 뜻은

벽오동 심은 뜻은 봉황을 보자더니
어이타 봉황은 꿈이었다 안 오시뇨.

　　　　　　알려진 유행가의 한 구절이다. 가수의 나이가 지긋해서인지 옛 가락이 잘 어울리고 텁텁한 목소리가 독특한 편안함을 느끼게 한다. 한편으로는 벽오동 심은 뜻이 무엇일까 하는 생각도 해보게 된다.

　문헌에 의하면 봉황은 오색의 빛을 발하고 오음에 맞는 소리로 운다고 한다. 그래서인지 성질도 어지간히 까다로운 모양이다. 오동나무 가지에만 앉고 대나무 열매만 먹으며 예천(醴泉)의 물만 마신다고 하는 걸 보면 말이다. 어쨌거나 봉황을 보려면 보통의 새를 유인할 때처럼 뜰에 모이를 뿌리는 정도로는 안 될 것 같다. 창문을 열면 내다볼 수 있는 곳에 오동나무를 심어 잘 가꾸어 두어야 하는 것은 물론 봉황이 먹을 대나무 열매도 준비해 두어야 한다. 그런 다음에야 비로소 봉황을 만날 희망을 가질 수 있게 된다. 물론 무한히 기다린 다음에 운이 좋으면 성취할 수 있는 희망이지만 말이다.

자, 그렇다면 봉황을 만나기 위해서는 얼마나 기다려야 할까? 먼저 오동나무가 보기 좋게 자라려면 한 이십 년쯤은 걸릴 것이다. 아이가 자라서 어른이 되는 정도의 세월이다. 대나무 역시 꽃을 피우고 열매를 맺으려면 30~60년을 기다려야 한다. 심은 지 120년이나 지나야 꽃을 피우는 왕대도 있다. 그리 짧지 않은 세월이다. 그러므로 오동나무를 심는 뜻은 내일이나 내년이 아닌 수십 년 후에 봉황을 보겠다는 바람일 것이다.

그런데 요즈음처럼 바쁜 세상에 그렇게 긴 세월 한 가지만을 기다리는 사람이 있을까? 사실 그럴 필요도 없을 것이다. 아름드리 벽오동도 포크레인으로 뚝 떠다가 정원에 옮겨 심으면 그만이니 말이다. 대나무 숲을 거느리고 분수가 뿜어져 나오는 멋진 정원도 순식간에 만들어낼 수 있는 세상 아닌가! 멋진 공작이나 극락조 같은 열대의 새도 돈만 있

167
벽오동 심은 뜻은

다면 어렵지 않게 곁에 두고 볼 수 있을 것이다.

그러나 정작 중요한 것은 봉황이 아니다. 우리는 봉황을 기다리는 마음을 살펴야 한다. 옛 사람들은 딸을 낳으면 오동나무 한 그루를 심었다고 한다. 다 자란 오동나무를 잘라 장롱을 만들어 결혼하는 딸에게 주어 보낸다는 실용적인 발상에서 비롯된 것이다. 그러나 나는 봉황처럼 준수한 사윗감을 기다리겠다는 뜻은 아닐까 짐작해본다. 또는 봉황처럼 잘 생긴 자녀들이 태어나서 가문을 빛내 주기를 바라는 마음일지도 모른다.

하지만 그러한 구체적인 의미가 아닌 막연한 꿈같은 희망이라도 좋다고 나는 생각한다. 사람은 꿈을 꾸면서 살아간다. 젊은이라면 좋은 직장에 취직도 하고 결혼도 해야 하며 아파트도 장만하고 자동차도 사야 할 것이다. 꿈이 얼마나 많겠는가! 꿈을 가지는 것은 좋은 일이다. 그리고 이왕이면 평생에 이루어질지 말지 알 수 없는 그러한 큰 꿈도 하나쯤 가져보는 것도 썩 괜찮은 일이다. 🍀

좋은 생각

오동나무를 심어 가꾸는 정성으로 꿈을 기다린다면
설혹 그것이 이루어지지 않는다 할지라도
후회할 것이 무엇이겠는가? 벽오동 심은 뜻은
진솔한 기다림 하나 가꾸어 보자는 뜻이리라.

나무 닭

기성자가 왕을 위해 싸움닭을 길렀다. 열흘이 되자 왕이 물었다. "이제 쓸 만하게 되었느냐?"

"아직 안 되었습니다. 공연히 뽐내기만 하고 기운을 믿고 있습니다."

다시 열흘이 지났다. 왕이 또 물었다.

"아직 멀었습니다. 아직도 상대를 보기만 하면 노려보고 혈기에 끌리는 점이 있습니다."

다시 열흘이 지나서 왕이 물었더니 기성자가 대답하였다.

"이제 됐습니다. 다른 닭들이 울어도 움직이는 빛을 안 보이고 먼 데서 바라보면 마치 나무로 조각한 닭과 같습니다. 덕을 완전히 갖춘 것이 확실합니다. 어떤 닭도 감히 덤비지는 못할 것이며 아마 바라보기만 해도 도망치고 말 것입니다."

이것은 장자(莊子)의 달생(達生)편에 나오는 목계(木鷄)라는 이야기이다. 너무나 유명해서 많은 사람들이 인용을 한다. 나도 다른 책에서 이 이야기를 발견하면 언제나 감탄하곤 한다. 장자의 비유를 통한 설득력도 그러하지만 기성자의 예리한 관찰력 때문이다. 그냥 지어낸 이야기라기보다는 사실에 바탕을 둔 경험담이었던 것 같다.

기성자는 풋내기 닭을 원숙한 싸움꾼으로 만드는 일을 맡았던 것 같은데 그는 어떻게 닭을 훈련시켰을까? 먼저 싸움 잘하는 놈들로 열댓 마리를 모아서 한곳에 넣어두고 어떻게 되나 한 달 남짓 끈기 있게 살펴보았던 것 같다. 최근에 서양에서도 그와 비슷한 일을 한 과학자들이 있다. 닭들을 한 울타리에 넣어두고 관찰하였더니 처음에는 서로가 쪼아대고 싸움이 끊이지 않았다. 그러다가 얼마쯤 시간이 지나니 그 중의 한 마리가 최강자로 떠올랐다. 그 놈은 다른 놈들을 공격할 수 있지만 다른 놈들은 감히 대항하려 하지 않았다. 이어서 그 다음 강자가 정해지고 순서대로 서열이 이루어졌다. 그러자 처음보다 싸움이 많이 줄어들고 닭들 사이에 평화가 이루어졌다는 것이다.

이것을 닭들의 '쪼기 서열(pecking order)'이라고 부르는

데 따지고 보면 사람 사회도 마찬가지다. 직장에서 상사가 부하직원을 나무라면 부하직원은 심부름하는 아이를 꾸지람하고 그 애는 발에 걸리는 개를 차서 화풀이를 하는 것과 다를 바 없는 것이다. 이 경우도 마찬가지로 쪼기 서열이라 볼 수 있다.

기성자의 닭들도 아마 동일한 과정을 밟아서 질서를 회복해 갔을 것이다. 처음에는 너 나 할 것 없이 혈기에 넘쳐서 싸우려고 달려들지만 최강자가 나오고 힘의 우열이 정해지면 불필요한 싸움은 줄어들었을 것이다. 기성자가 관심을 가지고 훈련하려던 닭은 다행히도 최강자에 속했던 것 같다. 처음에는 상대방을 혼내주고 매섭게 노려보기도 했겠지만 나중에는 그럴 필요가 없어졌을 것이다. 그가 존재하는 것만으로도 다른 놈들이 꼼짝 못하게 되었을 것이기 때문이다. 그렇게 해서 그는 싸우지 않고도 이기는 위엄을 갖추게 된 것이다. 주변에 철모르고 까부는 놈이 있다고 하더라도 나무로 깎아 만든 것처럼 초연해 보이기조차 하였을 것이다. 기성자는 그러한 변화를 있는 그대로 왕에게 보고하였고 장자는 그것을 덕의 표본이라고 생각한 것 같다.

최강자는 약자 위에 군림하며 괴롭히는 폭군처럼 보일지도 모른다. 그러나 한 가지만 더 생각해 보자. 왜 기성자는 훈련이 잘 된 닭을 나무로 깎아 만든 듯하다고 표현했을까?
거만하게 뽐내는 것이 아니라 외부의 침입자를 경계하느라
고 자세를 꼿꼿이 하여 멀리 보고 있는 것이다. 왜냐하면 최
강자는 자신의 무리를 보호할 의무가 있기 때문이다. 외부
의 침입자가 있으면 가장 먼저 용감하게 맞받아서 싸우고자
하는 당당함이다. 그것은 과학적으로 증명된 사실이다. 닭
과 같은 미물들도 그 정도의 덕은 지니고 세상을 살아간다.
멋진 일 아닌가!

진정한 강자는 싸우려들지 않는다.
오히려 약자를 보호하고자 노력한다.

낙서

　　미국 여행 중에 어느 명승지를 구경한 적
이 있다. 바위가 묘하게 다리처럼 되어 있어서 '내추럴 브
리지(Natural bridge)' 라고 불리는 곳이었다. 나는 그곳에
서 무수한 낙서를 보고 놀랐다. 우리나라 사람들만 낙서를
좋아하는 줄 알았더니 미국인들도 다를 바 없는가 보았다.
사랑의 묘사나 문구도 더러 있지만 대부분 사람의 이름이었
다. 그것도 우리와 신통하게도 닮았다. 우리도 역시 바위나
나무, 심지어 사찰의 기둥에까지 집요하게 자신의 이름을
새기려 든다.
　　왜 사람들은 그처럼 이름을 새기기를 좋아할까? 누군가
보아주기를 바라는 것이리라. 하긴 유명인의 경우라면 바위

에 크게 자기 이름을 새겨서 후세의 사람들에게 전하려는 의도를 가질 수도 있을 것이다. 그러나 개똥이, 소똥이, 존(John), 잭(Jack)처럼 흔한 이름을 쓴다고 해서 누가 그 사람을 알아줄 것 같지는 않다. 그런데도 사람들은 동서를 막론하고 이름을 써 대는 것이다. 특별히 무슨 이유가 있어서가 아니라 그저 그렇게 해 보고 싶은 충동 때문이라면 그것은 본능이라고 할 수 있을 것이다.

이것과 관련하여 생각나는 것이 한 가지 있다. 애완동물에 대한 관심도가 높아져서 요즈음 주변을 산책하다 보면 강아지와 함께 나오는 사람들이 자주 눈에 띈다. 어떤 사람은 커다란 개를 데리고 다니기도 하는데 그럴 때는 개가 가까이 올까 은근히 겁도 나지만 다행히 대개는 목줄을 매고 있어서 다소 안심이 된다. 보통 때는 주인이 목줄을 잡고 개를 순순히 따라 가지만 개가 무언가 호기심을 느끼면 주인도 아랑곳하지 않은 채 코를 들이대고 냄새를 맡느라고 멈추기도 한다. 목줄을 두 손으로 잡고 개를 재촉하지만 힘이 센 개는 쉽게 응하지 않을 수도 있다. 그런 것을 보면 개를 데리고 다니는 것도 때로는 상당한 인내를 요하는 것 같다. 특히 전봇대 곁을 지나갈 때는 개가 오줌을 눌 때까지 기다려 주어야 한다. 한 번 오줌을 누면 되는 것이 아니라 마주

175
낙서

치는 전봇대마다 잠깐씩 머물러야 하는 것이다. 개가 작고 크고 어리고 성숙하고가 없다. 어떤 녀석은 작고 귀여워서 여러 번 눈길이 가는 강아지도 있다. 그런 놈도 나무 밑 둥에 오줌을 갈기고 나서야 비로소 주인의 뒤를 종종걸음으로 따라간다.

개가 다소 낯선 것을 만나면 오줌을 누려고 하는 이유는 길을 표시하는 것이 아니다. 동화 『파랑새』에서 치르치르와 미치르 남매가 길을 잃어버리지 않기 위하여 숲 속에서 빵 부스러기를 떨어뜨리며 가는 이야기처럼 개도 길 표시를 해 두어야 돌아올 때 냄새를 맡아서 제대로 집을 찾아 올 것이 아니겠는가 하는 짐작은 동화 수준의 것이라 할 수 있다. 설혹 주인이 없다고 해도 코가 예민한 개는 자신의 발자국 냄새를 따라서 충분히 집에 올 수 있다. 냄새도 지문처럼 모두 다르다고 한다. 며칠 전에 지나간 사람의 발자국도 찾아 내는 예민한 코를 가진 개가 자신의 발자국 냄새를 맡지 못할 리가 없다. 그러므로 개가 오줌을 누는 데는 그와는 다른 이유가 있는 것이다.

"이곳은 내 영역이오, 이 오줌 냄새가 그 증거이니 아무도 함부로 침범하지 마시오."라는 뜻이다. 다른 개들에 대한 경고 메시지인 것이다. 그것은 야생생활에서 서로 질서를 지키기 위하여 필요한 본능이다.

내 생각이 틀렸는지는 모르겠지만 사람이 낙서하는 이유도 그러한 영역 표시의 한 가지가 아닐까? 개가 자신의 영역을 주장하기 위하여 열심히 오줌 표시를 하는 것처럼 사람들도 자기 이름을 써서 자신의 영토임을 주장하고 싶어 하는 것인지도 모른다. 원시인들에게는 자신이 속한 부족의 표시를 여기저기 남겨서 권리를 주장하는 것이 유리했을지도 모른다. 그것이 발전하여 아름다운 것, 멋진 것을 보면 가지고 싶고, 가지지는 못할망정 이름이라도 써 놓고 싶은 충동이 우리의 마음속에 도사리고 있는 것이라고 생각한다.

그러나 이제 자연 상태에서 살지 않는 애완견이 영역 표시를 할 필요가 없는 것처럼 현대인이 자신의 이름을 아무데나 낙서하는 것은 전혀 불필요한 타성이다. 나무나 바위에 상처를 주어 자연을 훼손할 뿐이다. ♣

좋은 생각

대자연은 내 것도 아니고 남의 것도 아니다.
그 누구의 것도 아니다.
대자연은 대자연의 것일 뿐이다.

시멘트 벽화

　　　　　　미로 같은 골목길을 빠져 나가다 보니 시
멘트 담벼락에 누군가 탐스런 모란을 그려 놓았다. 흙손을
호쾌하게 휘두른 솜씨가 만만치 않다. 이쯤 되면 이것은 단
순한 낙서가 아니다. 이만한 그림 솜씨가 있는 미장이라면
흙손질이 막 끝난 널찍한 담벼락을 그냥 두기가 아까웠으리
라. 아니면 고된 작업을 다 끝내고 담배 한 대 피워 무는 느
긋한 마음이 그렇게 표출되었는지도 모를 일이다.

　　생활의 여유는 어디에서나 만들어 낼 수 있는 것이다.

　　삭막한 시멘트벽에도 이처럼 꽃이 필 수 있는 것을 보
면…

좋은 생각

다람쥐 쳇바퀴 돌리듯 눈코 뜰 새 없이 바쁜 일상에서
여유를 찾기란 그리 쉽지 않은 일이다.
그러나 아주 잠깐만 눈과 마음을 돌린다면
그동안 우리가 잃어버린 것들을 찾을 여유가
분명 생길 것이다. 부족한 건 시간이 아니라 마음이다.

시멘트 벽화

음 식 함 께 나 누 기

어느 날 동창들에게서 함께 저녁식사를 하자는 전화를 받았다. 음식점에 둘러앉아 이것저것 이야기를 나누며 식사가 나오기를 기다리고 있는데 벽 위에 시커먼 바퀴벌레 한 마리가 기어다니고 있는 것이 보였다. 나로서도 그렇게 큰 바퀴벌레는 처음 보았다. 우리나라에 있는 네 종류의 바퀴벌레 중에서 이질바퀴가 가장 크다는데 내가 본 놈도 아마 그 종류일 것 같았다.

바퀴벌레는 도둑처럼 주로 밤에 돌아다니고 낮에는 숨어 지낸다. 검은 그림자처럼 빠르기 때문에 쉽게 잡히지도 않는다. 바퀴벌레는 원래 열대성 곤충이어서 추위를 싫어한다. 하지만 우리의 주거환경이 쾌적해졌고 버리는 음식의 양도 많이 늘어난 탓에 왕성한 번식을 하고 있는 것이다. 우스운 이야기이지만 얼마 전까지만 해도 바퀴벌레를 돈벌레라고 부르기도 했다. 돈이 많은 부잣집에서 번식한다는 뜻이었다.

아무튼 나는 이 도둑 같은 바퀴벌레를 다른 각도에서 이야기하고 싶다. 잘 생각해 보자. 도둑들도 살기 위해서 어쩔 수 없이 남의 물건은 훔치지만 제 식구나 동료들에게는 잘해줄 것이다. 도둑이라고 해서 온통 악으로만 뭉쳐진 사람은 아닐 것이다. 바퀴벌레도 마찬가지다. 바퀴벌레도 쓰레기통을 뒤지거나 사람의 음식물을 훔쳐먹지만 자기들끼리는 음식을 서로 나누어 먹을 줄 아는 덕목을 지니고 있다. 한 마리가 소화가 안 된 먹이를 토하면 다른 놈이 그것을 먹는다. 그런 면에서 바퀴벌레는 동료애가 강한 벌레라고 할 수 있다. 먹이를 나눌 뿐만 아니라 그들은 동료를 불러 모을 줄도 안다.

일본의 어느 곤충학자가 지하실에서 수천만 마리의 바퀴벌레를 길렀다. 지하실 바닥이며 벽이며 천장까지 바퀴벌레가 새까맣게 덮고 있다고 상상해 보면 그러한 연구도 누구나 쉽게 할 수 있는 일은 아닌 것 같다. 아무튼 그는 깨끗한 새 종이보다는 이미 바퀴벌레가 더럽힌 종이에 더 많은 바퀴벌레들이 모여든다는 것을 알아냈다. 그것은 바퀴벌레의 배설물 속에 동료들을 불러들이는 어떠한 물질이 들어 있다는 이야기다.

바퀴벌레는 본래 숲 속에서 자유롭게 살던 벌레였다. 사람은 역사가 몇백만 년밖에 안 되지만 바퀴벌레는 몇억 년 전부터 살아왔으니까 말이다. 그래서 지금도 숲에는 여러 가지 바퀴벌레들이 살고 있다. 그것들은 잡식성이어서 아무거나 잘 먹는다. 먹을 것이 없으면 나무줄기라도 먹고사는 끈질긴 면이 있다. 그런데 나무줄기는 소화시키기가 어렵다. 미생물이 없으면 안 된다. 그래서 바퀴벌레의 장에는 목재를 분해시키는 미생물이 공생하고 있다. 공생미생물이 없으면 바퀴벌레는 살지 못한다. 그러므로 공생미생물을 서로 이웃에게 분양해 주어야 한다. 특히 알에서 갓 깨어나서 뱃속이 깨끗한 어린것에게는 미생물이 섞여 있는 다른 놈의 배설물을 먹는 과정이 절대적으로 필요하다. 그러한 습성이 바퀴벌레로 하여금 무리를 지어서 생활하도록 만들어 준 원인이라고 한다. 그렇게 무리를 지어서 먹이를 나누어 먹기 때문에 그들은 공룡보다 더 오래 전에 나타나서 아직까지도 살아남을 수 있는 것이다.

먹을 것을 서로 나눌 줄 안다는 것은 사회생활을 하는 동물에게는 아주 중요하다. 사람도 마찬가지다. 원시시대의 남자들은 사냥을 하고 여자들은 열매를 채취해서 무리가 함께 나누어 먹었다. 그러므로 음식을 함께 나눈다는 것은 자연스럽고도 즐거운 일이다.

혼자서 식사를 하거나 술을 마시는 것처럼 멋쩍은 일도 없다. 그런 때는 아무나 생각나는 사람에게 전화를 걸어보자. 음식값을 따로 내고 서로 다른 접시의 음식을 먹더라도 누군가와 같은 자리에 앉아 있다는 건 충분히 즐거운 일이다. 우리는 음식만 즐기는 것이 아니니까 말이다. 🍀

좋은 생각

먹이를 두고 서로 차지하려고 싸우는 것이 생존경쟁의 원리이다. 음식을 나누어 먹는 것은 그 원리에 위배된다. 그런데도 더 잘 살아남는다. 협동이 가능하기 때문이다. 세상은 그리 각박하지만은 않다.

나이아가라 폭포

미국과 캐나다 국경을 잇는 나이아가라 폭포는 아홉 마리의 용이 하늘로 치솟아 오르는 정도의 규모로도 비할 수 없을 만큼 웅장하다. 바다 같은 이리 호의 물이 역시 바다 같은 온타리오 호로 쏟아져 들어가는 여울목에서 생겨난 단애. 그곳을 뛰어내리는 물결은 차라리 거꾸로 선 하얀 바다다. 부서지는 물방울이 구름 되어 피어오른다. 지축을 흔드는 소란 속에서도 유유자적하는 것은 오직 갈매기들뿐. 이름 모를 작은 새 한 마리가 폭포를 날아 넘으려 안간힘을 쓰다가 지쳐 물러난다.

폭포 밑으로 가는 배가 있다고 하여 승선했다. 안개아가씨 호. 승객들은 모두 펭귄처럼 검은 비옷을 입었다. 폭포

밑은 짙은 안개로 아무것도 보이지 않는다. 굉음과 쏟아져 내리는 소낙비 같은 물방울뿐, 어느 세계를 헤매고 있는지 현실감이 없다. 물벼락이 쏟아질 때마다 승객들은 소리를 지르며 깔깔대고 웃는다. 눈과 코에 묻은 물기를 연신 훔쳐내느라 바쁘다. 언뜻 안개 사이로 깎아지른 절벽이 보인다. 젖은 바위 사이에 안개 뭉치가 위로 오르려다 걸려서 연기처럼 피어난다. 마치 절벽이 연기를 내며 타는 듯하다. 이윽고 눈부신 햇빛 속으로 되돌아 나오면 폭포는 저만치에서 백일몽처럼 서 있다. 🍀

좋은 생각

아무리 위대한 인간도 자연 앞에서는 한없이 작은 존재에 불과하다. 자연과 어우러져 자연의 흐름에 따라 유유자적하는 삶이 맑게 살아가는 방법이라 했던가. 자연과 서로 어우러져 살아갈 때 삶은 풍요로워진다.

모성애

세상에 모성애처럼 고귀한 것이 또 있겠
는가. 세상의 어머니들은 자식을 위해서라면 무슨 일이든지
한다. 심지어 자기 자신의 목숨까지도 바칠 수 있다. 동물
역시 마찬가지다. 일체의 살아있는 것들은 모두 모성애를
통해서 길러지고 대를 이어간다고 해도 과언이 아니다. 모
성애야말로 생명을 떠받드는 큰 기둥인 것이다. 남성도 물
론 부성애를 가지고 있다. 그러나 모성애에 비하면 부성애
는 아무것도 아니다. 부성애는 모성애를 도와주는 정도에
불과하다.

그렇다면 어떻게 해서 모성애가 형성되는가.

학자들은 비둘기가 젖을 먹여서 새끼를 기른다는 것을 알
아냈다. 사람처럼 유방이 있는 것은 아니지만 모이주머니의

벽에서 지방질이 풍부한 영양물질을 분비해낸다고 한다. 그 것을 비둘기 젖이라고 하는데 어미는 그것을 토해서 새끼에 게 먹인다.

비둘기 젖을 분비하도록 하는 호르몬이 있다. '프로락틴' 이라는 것으로 뇌하수체에서 분비된다. 이 호르몬은 포유류 나 비둘기에서뿐만 아니라 물고기에서도 발견되었다. 그러 므로 프로락틴은 아주 보편적인 물질인 셈이다. 젖을 분비 하도록 만드는 물질이니까 포유류에서의 프로락틴의 작용 은 명백하다. 그러나 젖을 먹이지 않는 새나 물고기에서도 프로락틴이 분비되는 것은 무슨 의미인가. 프로락틴은 새끼 를 돌보는 행동을 유발시킨다고 한다. 학자들은 집을 짓고 알을 품고 새끼를 돌보는 행동이 젖을 분비하는 행동과 한 묶음이 되어 있다는 것을 알아냈다. 말하자면 프로락틴은 모성애를 촉발시키는 물질인 것이다.

이 프로락틴을 수컷에 주사하면 수컷 역시 새끼를 돌보는 행동을 한다. 따라서 이 물질은 부성애를 유발하는 물질이 기도 하다. 그래서 2차대전 때 연합군의 연구진들은 히틀러 의 식사에 프로락틴을 섞어서 먹이려는 시도를 한 적도 있 다고 한다. 만일 프로락틴이 히틀러의 체내에 들어가서 제 대로 활동을 하기만 하면 부성애가 발동되어서 훨씬 자애로워지고 잔혹한 행동을 적게 할 것이라는 기대에서 짜낸 작전이었다고 한다. 히틀러는 재능이 있고 독일 국민에게 신뢰를 얻고 있었지만 선천적으로 부성애를 가지지 못하고 태어난 사람인지도 모른다. 모성애 촉발물질을 투여해서 히틀러의 심성을 누그러뜨려 주면 만사가 정상적으로 돌아가서 국제적인 평화가 올 수도 있지 않겠는가. 그런 좋은 취지의 작전이 왜 취소가 되었는지는 알 수 없다. 독일 측의 경비가 너무 삼엄해서 그럴 틈을 주지 않았을 수도 있고, 또 그 정도로 접근이 가능하다면 히틀러를 암살해 버리는 것이 더 확실하지 않겠는가 하는 반론 때문이었는지도 모른다. 아무튼 히틀러는 아이를 가져본 적도 없고 길러본 적도 없으니 부성애가 무엇인지도 모르고 따라서 잔혹한 공격성만 강조되었을 것이라고 추론한 것은 재미있다.

모성애가 단순한 한 가지 물질에 의해서 지배된다는 사실은 한편으로 실망감을 주기도 한다. 모성애라는 것은 고귀할 것도 없고 물질에 의해서 돌아가는 기계장치와 같은 것이라는 회의감마저 들 수 있다. 그러나 모성애는 물질이 아니다. 대자연은 모성애를 필요로 한다. 그것을 어떤 물질이 촉발시켜서 구체화하는 것일 뿐이다.

나는 이러한 모성애가 구체화된 존재가 여성이라고 생각

한다. 여성의 육체는 모든 면에서 부드러움을 지향하고 있다. 외모도 동글동글하고 전반적으로 윤곽이 부드럽다. 피하에 영양분을 저장해 두고 있는 것이다. 따라서 똑같이 조난을 당해서 굶어도 여자가 남자보다 훨씬 오래 살아남을 수 있다. 여성은 항상 자기 자신과 아기를 돌볼 준비가 되어 있는 것이다.

여성은 투쟁적이거나 공격적이라고 할 수 없다. 아무리 공격적이라고 해도 남성에 비하면 내향적이다. 여성은 역사적으로 수렵인인 적이 없었다. 여성은 원시시대에도 과일과 채소를 채취함으로써 식량을 조달하였다. 우리의 짐작과는 달리 그 당시의 여자들은 남자들보다 오히려 수확이 더 많았다고 한다. 아마 수렵시대로부터 농경시대로 인류의 문명을 이끌어간 것도 여성이었을 것이다. 그래서 여성은 지금도 꽃과 과일과 식물을 좋아한다. 그것이 여성의 천성적인 성품이다. 여성은 동정심이 깊고 따뜻하다. 여성의 정신은 아기를 향하여 조율되어 있다. 모성애가 여성의 정신세계의 밑바탕을 이루고 있다.

여성은 모성애를 지니고 있다는 것만으로도 존중되어야 한다. 설혹 육체적으로 약하고 정신적으로 감정에 휩싸이기 쉽다 해도 여성은 지고한 모성애 하나만으로 남성의 모든 장점을 능가하고도 남는다. 우리는 새끼를 거느리고 있는 동물은 될 수 있으면 건드리려고 하지 않는다. 어쩐지 신성한 느낌마저 드는 것이다. 알을 밴 물고기나 새끼를 품에 숨기고 있는 암탉마저도 존중해주고 싶어지는 마음이 든다.

반면에 모성애를 잃어버린 여성은 이미 여성이 아니다. 자기 자식을 버리고 도망치는 여성은 아름다워 보이지 않는다. 모성애는 결혼한 여성에게만 적용되는 것이 아니다. 미혼인 여성들도 모성애를 가지고 있다. 모성애는 자신의 아이에게만 발휘되는 것은 아니다. 모든 살아있는 것들에게 애정을 가진다면 그것이야말로 고귀한 모성애일 것이다. 🍀

좋은 생각 🍃

나는 여성교육은 엄마로서의 교육이 가장 우선되어야 한다고 생각한다. 그래서 모성애라는 고귀한 본성을 더 발전시켜야 한다. 그것이 자연스럽다.

사차원의 세계, 가족

언젠가 큰 아이가 '사차원의 세계'에 대해 물은 적이 있었다. 나는 내가 알고 있던 대로 일차원은 선, 이차원은 면, 삼차원은 부피 그리고 사차원은 거기에 시간을 더한 세계라고 설명해 주었다.

"그렇다면 우리가 살고 있는 세계와 다름이 없네 뭘!"

조금은 실망한 듯한 반응을 보이던 녀석은 이내 장난스러운 표정을 지으며 덧붙였다.

"아, 그렇구나! 사람이 사는 차원이니까 사차원이구나!"

몇 달이 지나서 이번에는 둘째 놈이 사차원에 대해서 묻는다. 아이들에게 무엇을 설명해 준다는 것이 얼마나 어려운 일인지 잘 알고 있는 터였다.

"그런 것은 누나에게 물어보렴."

나는 우선 난처한 입장을 모면하고 본다.

"누나! 사차원의 세계가 뭐야?"

둘째는 당장 누나에게 달려간다. 큰애는 누나로서 제법 느긋한 여유가 실린 목소리로 대답한다.

"응, 그건 말이지, 우리가 사는 세계와 똑같은 거야."

"거짓말하지 마!"

둘째 놈은 거세게 항변한다.

"정말이야. 너 잘 봐라. 아빠, 엄마, 누나, 너, 이렇게 네 식구가 같이 살고 있지 않니? 네 사람이 같이 사니까 사차원의 세계지. 안 그래?"

아이들의 대화를 듣다보니 거기에도 다소간의 진실이 깃들어 있는 것 같다. 사차원의 세계가 이해하기 어렵다지만, 사람 사는 것만큼 불가사의 한 일도 없고, 제각기 내면의 세계가 다른 사람들이 모여서 한 가정을 이루는 것만큼 신비로운 일도 없으리라.

그런데 내가 아이들 교육은 제대로 시키고 있는 것인가? 🍀

좋은 생각

가끔은 아이들의 기발한 상상력에 깜짝깜짝 놀라곤 한다.
때묻지 않은 맑은 눈을 가진 아이들, 그 아이들이
바라보는 천진무구한 세상을 지키는 건
바로 우리 어른들의 몫이다.

사차원의 세계, 가족

자녀에 대한
애정과 교육

얼마 전 영국의 동물학자 제인 구달 여사가 우리나라를 방문했다. 지금은 백발이 성성한 할머니가 되었지만 젊었을 때는 아프리카 탄자니아의 오지에서 침팬지를 연구하며 세계적인 명성을 얻었던 인물이다.

그녀가 본격적으로 침팬지 연구를 시작하게 된 것은 유명한 인류학자 루이스 리키 박사의 권유 때문이었다.

"자네가 침팬지를 조사하면 인류의 기원을 밝히는 데 큰 도움이 될 것이네. 현지에 가서 침팬지를 관찰하고 아무리 사소한 것이라도 보고해 주게."

26세의 젊은 구달은 밀림 속에서 텐트를 치고 침팬지들을 관찰하기 시작했다. 그리고 아무리 사소한 일이라도 꼼꼼히 기록하여 리키 박사에게 보고했다. 리키 박사는 그 자료들을 분석하고 의미를 찾아냈다.

구달 여사는 연구하던 할수록 침팬지가 사람과 너무 닮았다는 것을 느끼게 된다고 술회한 바 있다. 그래서 구달은 침팬지 한 마리 한 마리에 사람처럼 이름을 붙여 주었다. 그 중에는 '플린트' 라는 어린 침팬지도 있었는데 구달의 기록에는 플린트의 짧은 일생이 상세하게 남아 있다.

플린트는 나이가 사십이 넘은 어미에게서 태어난 수컷이었다. 태어난 지 6개월이 지나 비틀거리며 걸음마를 배우기 시작할 무렵 어미는 플린트가 넘어지거나 낑낑거리면 붙잡아 주곤 했다. 정이 많고 관대한 성격의 어미는 플린트를 등에 태우고 다니며 플린트가 해달라는 것은 거절하지 않고 모두 들어 주었다.

그렇게 응석받이로 자란 플린트가 네 살 반이 되었을 때, 어미는 플린트에게 젖을 먹이기도, 업어주기도 힘들게 되었다. 그런데도 플린트는 어미의 젖을 먹으려고 했고 어미의 등에 올라타려고 했다. 새로 임신한 어미가 거절하면 마구 소리 지르고 때리고 물어뜯기까지 했기 때문에 어미는 마지못해 무거운 플린트를 등에 업고 다니곤 했다.

문제는 동생이 태어난 후였다. 어린 아이도 동생이 태어나면 독립심이 강해지는 법이다. 그러나 플린트는 계속해서

자녀에 대한 애정과 교육

어미의 관심을 요구했다. 동생에게서 젖을 빼앗으려고 했고 동생의 위치마저 차지하려고 했다. 그러던 어느 날 동생이 사라져 버렸다. 어떻게 되었는지는 아무도 모른다. 새끼를 잃은 어미는 체념하고 플린트를 받아들였으며 플린트는 어미의 애정을 독차지하게 되었다.

6살이나 된 플린트가 등에 업혀서 괴롭혀도 늙고 너그러운 어미는 그것을 저지할 힘이 없었다. 그러던 어느 날 어미가 시냇가에서 시체로 발견되었다. 플린트는 어미의 시체 옆에 머무르며 아무것도 먹지 않았으며, 시체가 치워진 다음에도 그 자리를 떠나려 하지 않았다. 실의에 빠지고 무기력해진 플린트는 결국 한 달이 못 되어 병에 걸려 죽고 말았다.

구달은 이런 비극적인 과정을 생생하게 영화 기록으로 촬영해 두었다. 이에 대해 구달은 아무런 평가도 하지 않았지만, 플린트는 사람으로 치자면 분명 패륜아였다. 플린트를 패륜아로 만든 것은 어미와 새끼 사이의 잘못된 애정 때문이다. 어미는 늙고 너그러워서 자식의 뜻을 너무나 받아주었고, 자식은 어미를 괴롭혔다. 물론 자식이 어미를 괴롭히는 것은 어미를 사랑하지 않아서가 아니다. 사랑하지만 너무 의존적이었던 데에 문제가 있었던 것이다. 자식을 그렇게 만든 것은 어미의 잘못이라고 밖에 할 수 없다.

그렇다면 어미는 어떻게 해야 옳았을까. 플린트에게 적절히 행동하도록 버릇을 가르쳐야 했다. 플린트가 동생에게 지나치게 접근하면 쫓아버렸어야 했다. 동생이 우선이라는 것을 확실히 인식시켜 주었어야 했으며, 어미를 위하는 마음도 생기도록 했어야 옳았다. 어미에게 떼를 쓰면 물어뜯거나 엉덩이를 사정없이 갈겨서 쫓아버려야 했다. 어미가 플린트보다 더 세다는 것을 기억하고 함부로 할 수 없다는 위엄을 느끼도록 해야 했다. 가장 가까운 친척이기는 하지만 결국은 어미도 이웃의 하나라는 것을 알려 주었어야 했다. 어미가 죽더라도 슬픔을 이기지 못해 죽는 일은 없도록 해야 했다.

생각해 보면 부모와 자식간의 애정은 더 없이 소중한 것이다. 그러나 애정이 모든 것은 아니다. 자식의 다리를 굳건히 만들고 등을 꼿꼿이 세워주기 위한 부모로서의 위엄도 필요한 것이다. 자식이 귀엽다고 응석받이를 만드는 것은 자식을 진정으로 사랑하는 것이 아니다. 남의 일이라고, 사람이 아닌 침팬지의 일이라고 거침없이 이야기하고 있는 나도 사실은 깊이 반성하고 있는 중이다.

좋은 생각

자식은 미래이다. 미래는 오늘과는 달라야 한다.
그러나 잘못된 방향으로 달라져서는 안 된다.
자식의 자주성과 창의성은 충분히 보장하되
비뚤어지게 가지 않도록 돌보아줄 필요가 있다.

세상에서 가장 행복해지는 이야기

삶의 매

　　"내 평생에 너를 꼭 한 번 때렸더니라." 아
버지는 자랑스러운 듯, 또 한편으로는 후회된다는 듯 말씀
하신다. "저는 하나도 생각나지 않습니다" 하고 짐짓 대답
해 드리지만, 곰곰이 생각해 보면 그 말씀이 맞다.

　　선생님의 그림자조차 밟지 못했던, 세상에 숙제보다 더
중요한 일은 있을 수 없었던 초등학교 시절이었다. 어느 날
아침 아버지와 나는 학교에 제출할 걸레인지 빗자루인지 때
문에 실랑이를 벌이게 되었다. 내일 가져가라는 것이 아버
지의 주장이었지만 나는 당장 해내라며 고집을 부렸다. 설
득과 항의, 고집이 오가는 동안 둘 사이에는 심상치 않은 기
압골이 형성되었다. 그리고 급기야는 벼락이 떨어졌다. "그
래도 이놈이 못 알아들어!" 하는 천둥소리와 함께 눈앞에서
번갯불이 번쩍 일어나는 순간 나의 모든 주장과 항변은 맥

없이 사그라지고 말았다. 결국 나는 아무것도 얻지 못한 채 소나기처럼 눈물만 쏟으며 학교에 갔었는데, 아버지로서는 피치 못할 이 쾌도난마의 해결책이 아직도 마음에 걸리시는 모양이다.

고승이 제자를 가르칠 때에 간혹 벽력같이 소리도 지르고 지팡이를 들어 사정없이 갈기는 일도 있다고 한다. 그러면 가끔은 제자의 마음속에 깃든 온갖 욕망과 번뇌가 일제히 날아가고 삶에 대한 순수한 인식만이 남게 된다는 것이다. 걸레나 빗자루 때문이 아닌, 삶을 깨닫게 해 주신 것으로라면 나는 아버지에게 꼭 한 번 매를 맞은 적이 있다. 어찌나 호되게 맞았는지 이 세상에 머무르는 동안은 고통이 멎지 않을 삶의 매를⋯. 🍀

좋은 생각

부모에게 매를 맞는 일이야 간혹 있을 수 있다.
그러나 부모는 오래도록 마음이 아프다. 자식은 까맣게
잊어버렸지만 굳이 따진다면 생명을 주신 것 자체가
온통 부모 탓이다. 고마울 뿐이다.

여성과 남성

미국의 사막에 사는 도마뱀 중에는 수컷 없이 암컷으로만 이루어진 무리가 있다. 그놈들은 암컷만으로 대를 이어간다. 암컷이 알을 낳으면 그것이 또 암컷이 되는 것이다. 물고기 중에도 암컷만 존재하는 종류가 있다. 이처럼 자연계에는 성(性) 없이 번식하는 동물들도 더러 존재한다. 어떤 연구가는 사람도 남성의 정자 없이 아이를 낳을 수 있을 것이라고 말한다. 처녀가 딸을 낳는 것이다. 과학적으로 볼 때 전혀 불가능한 얘기도 아니다.

만일 그런 세상이 실제로 펼쳐진다면 어떻겠는가? 성범죄도 없을 것이고 성문제로 고민할 필요도 없을 것이다. 또한 결혼할 필요도 없으니 이혼도 없을 것이다. 하지만 그렇게 태어난 아이들은 어떤 모습일까? 엄마의 유전자를 그대로 가지고 있으니까 쌍둥이처럼 닮았을 것이다. 그렇다면 좋겠는가. 만일에 나와 똑 같은 용모의 아이가 태어난다면 나는 한 번 더 인생을 사는 것이 되지 않겠는가. 또 세상에 나와 똑같은 얼굴과 체격과 성격의 사람들로만 가득 차 있다면 살기 좋은 세상이 되겠는가. 옷이나 구두를 살 때도 한 가지 사이즈만 있으므로 고를 필요조차 없을 것이다. 큰 딸이나 작은 딸이나 아니면 손녀의 것을 같이 입어도 된다. 성격도 같고 취미도 같다. 그러므로 서로 이해하지 못할 일도 없을 것이다.

그러나 만일 그러한 사회가 만들어져서 내가 그 일원으로 살게 된다면 나는 얼마 못 가서 지겨워질 것 같다. 나와 똑 같이 생긴 사람들이 똑같은 옷을 입고, 똑같은 집에서, 똑같은 음식을 먹고, 똑같은 책을 읽으며, 똑같은 말을 하고 산다면 그것은 또 하나의 지옥도일 것이다. 이 세상 사람들이 모두 나와 똑같은 생각을 하면 안 된다. 어쩌다 나와 똑같은 생각을 가진 사람을 만나면 반갑다. 그래 당신도 나와 같은 생각이군요. 그것은 자신의 말에 대한 확인이다. 공감해주는 사람이 있으니 좋은 것이다. 그러나 나와 모든 사람이 나와 똑같은 생각을 하고 있다면 반가울 것이 하나도 없다. 나의 의견에 반대하는 사람도 있어야 한다. 다른 말을 하고 다른 관점에서 내 말을 수정해 주고 더욱 잘 해나가도록 촉구

해 주는 사람이 있어야 한다. 내가 생각하지 못했던 점을 생각해 주고 내가 경험하지 못했던 것을 말해 주는 사람이 있어야 한다.

　나는 내 결함이 많은 것을 잘 안다. 내 결함을 보충해 줄 수 있는 이웃이 있었으면 좋겠다. 그것이 더 건전한 삶이 될 것이다. 또 변화하는 환경에 더 잘 적응하는 사람도 많아질 것이다. 그래야 발전한다. 개방적이고 발전하는 집단과 폐쇄적이고 발전하지 않는 집단은 생존에 큰 차이가 있다. 끊임없이 변화하는 환경에 적응해서 살아남으려면 사람이나 동물도 스스로 변화해야 한다. 변화하려면 똑같아서는 안 된다. 다양해져야 한다. 자식은 나와 달라야 한다. 같은 자식이라도 형제가 모두 달라야 한다. 이런 놈도 있고 저런 놈도 있어야 한다. 그러자면 나와는 다른 사람의 유전자와 합쳐야 한다. 내 유전자 절반과 다른 사람 유전자 절반을 합쳐서 새로운 아이를 만들면 그 아이는 반은 나를 닮고 반은 나를 닮지 않게 된다. 무언가 변화가 일어난다.

　그것이 성이 하는 일이다. 여성과 남성이 있어서 서로의 피를 섞어 절반씩 닮은 아이를 낳는다. 그것이 혼자서 아이를 낳고 대를 이어가는 것보다 훨씬 건강하고 적응력이 크며 발전적이다. 따라서 이왕이면 남성과 여성은 서로 달라야 한다. 달라도 많이 달라야 한다. 친척이라면 좋지 않다. 왜냐하면 피를 공유할 가능성이 크기 때문이다. 그러므로 우리나라에서는 동성동본은 혼인을 하지 않도록 되어 있다. 경우에 따라서는 복잡한 문제가 생기기도 하지만 법 제도의 취지 자체는 매우 잘 된 것이다. 동성동본이 아니더라도 외가로 피의 섞임이 있을 경우에는 혼인해서는 안 된다. 일본 왕실은 혈통을 보존한다는 명목으로 친족혼을 대대로 해오고 있다고 하는데 후손들이 유전병에 시달리고 건강하지 못한 것으로 알려져 있다. 따라서 친족간의 혼인을 금지하는 것은 인간의 법이면서도 자연의 법이기도 하다.

동물들도 친족끼리는 피를 섞지 않는다. 핏줄이 먼 대상을 찾는다. 피가 멀수록 좋다. 즉 남자와 여자는 서로 무언가 다를수록 좋은 것이다. 요즈음의 이혼 사유에 가장 많은 것은 남편의 외도가 첫째이고 둘째가 성격이 맞지 않아서라고 한다. 남편의 외도는 신의를 지키지 않았으니 당연한 일이겠지만 성격이 맞지 않는다는 것은 적합한 이혼사유가 아니다. 성격도 서로 맞지 않아야 좋은 것이다. 본래 맞지 않는 성격을 합치자는 것이 결혼의 목적이라는 것을 처음부터 인정하면 불편한 심사도 줄어들 것이다.

나는 우리가 흔히 자랑하는 단일민족이라는 말도 별로 내

세울 만한 것은 아니라고 생각한다. 물론 유고 사태처럼 여러 민족끼리 죽고 죽이는 싸움을 끊임없이 해대는 것은 좋지 않지만, 서로 섞여서 혼합된 한 덩어리가 될 수만 있다면 더욱 건강한 국가가 될 것이라고 생각한다. 나는 우리나라 농촌 총각들이 중국 사람과도 결혼하고 필리핀 사람과도 결혼하는 것을 찬성한다. 그러면 우리의 혈통이 어떻게 되겠느냐, 순수한 혈통을 지켜야 한다고 아쉬워하는 사람들도 있겠지만 내 생각에는 우수한 혈통이 다양한 혈통보다 못하다. 혈통이라는 것은 글자 그대로 핏줄을 의미하는 것이 아니라 문화의 측면에서 강조하는 것이 더 좋을 것이다.

그런데 우리는 단일민족이어서 그런지 모두 똑같은 것을 좋아한다. 모두 남자 아이를 좋아하기 때문에 남자 아이를 더 많이 나서 앞으로의 일이 걱정이다. 그런데 사람들이 남자 아이를 낳으려고 애를 쓰지 않아도 사실은 여자 아이보다 남자 아이가 본래 많이 태어나게 되어 있다. 남자는 유전적으로 여자보다 약하다. 자연은 번식의 주체인 여성을 남성보다 좀더 안정되고 오래 살도록 만들어 주었다. 그러므로 남자 아이들이 유산되는 비율은 여자 아이보다 높다. 유아 사망률도 역시 여자 아이보다 높다. 그러므로 수태율은 남자 아이가 더 많아야 한다. 그래야 성인이 될 무렵이면 여자와 남자의 수가 거의 비슷해질 수 있다. 그것이 절묘한 자연의 섭리이다.

그런데 요즈음에는 인간의 의료기술이 발달하여 남자 아이의 사망률도 줄어든다. 그러므로 선진국에서도 자연스럽게 남자 아이가 상대적으로 많아지는 것이다. 그러나 우리나라의 남자 아이들의 수가 더 많아지는 현상은 선진국과는 다르다. 모두들 똑같은 생각을 하기 때문이다. 남자 아이가 더 좋다고 생각하기 때문이다. 그래서 여자 아이를 임신했다는 것을 알게 되면 지우고 남자 아이는 낳으려고 한다. 그러므로 남자 아이의 비율이 높아지는 것이다.

남성과 여성이 서로 대등한 숫자일 때 유전인자가 가장 잘 섞어진다. 남성이 많거나 여성이 많으면 불협화음이 생긴다. 따라서 대자연은 남성과 여성의 수를 동일하게 맞추어 주었다. 똑같아서는 자연의 질서가 파괴된다. 모두 남아인 세상이 어디 지탱될 수 있겠는가. 모두 여아인 세상도 마찬가지이다. 그래서 남자도 있어야 하고 여자도 있어야 한다. 강한 자도 있어야 하고 약한 자도 있어야 한다. 빠른 놈도 필요하고 하고 느린 놈도 필요하다. 인간 사회가 건강해지려면 충분히 다양해져야 한다. 그것이 우리 개개인이 숨쉬고 사는 분위기가 되어야 한다. 🍀

좋은 생각

우리가 살아가려면 남과 어울려야 한다.
자기 자신을 절반쯤 포기해야 한다.
나머지 절반은 남에게 자리를 내 주어야 한다.
그때 우리는 건강하게 스스로를 지킬 수 있다.

밝고 영원한 존재

세상에 영원히 존속하는 것이 있을까. 가령 우리가 명동같이 번잡한 거리를 걷는다고 치자. 어깨를 부딪치지 않기 위해서 애를 쓰면서 걸어야 할 만큼 사람이 많지만 그들은 모두 일시적인 존재일 뿐이다. 세월이 흐르면 모두 흙 먼지로 되어 흔적조차 찾아볼 수 없는 존재들인 것이다. 그러나 그들이 사라지고 난 다음에도 여전히 명동 바닥을 누비고 다니는 존재들이 있다. 그들의 생식세포이다. 정자와 난자는 후대를 만들어서 생명을 이어가는 것이다. 영속하는 존재는 우리가 아니라 바로 우리의 생식세포이다.

만일 어떤 순간에 명동 거리의 사람의 모습을 모두 지우고 그들이 가지고 있는 정자와 난자만을 남겨 놓는다고 치자. 명동은 무수한 정자와 난자가 헤엄치고 있는 연못과 같은 모습이 될 것이다. 명동이라는 좁은 장소는 작은 연못에 불과하겠지만 세상 전체를 보면 이 세상은 난자와 정자가 헤엄치는 바다라고 할 수 있다. 정자와 난자는 서로를 찾아 다니다가 우연히 만나서 합쳐지면 하나의 수정란이 된다. 수정란은 마치 핵폭탄이 폭발하는 것처럼 엄청난 속도로 세 포분열을 해서 거대한 인간의 몸을 형성하게 된다. 정자나 난자가 물 속의 작은 벌레와 같다면 인간의 몸은 빙산처럼 크다. 그래서 정자와 난자의 바다에는 거대한 인간 빙산들 이 떠다니게 된다. 빙산은 바다 위를 한동안 떠돌다가 녹아 서 없어진다. 그 대신에 방사선 낙진처럼 얼마간의 정자나 난자를 떨어뜨린다. 그러므로 그 바다에는 정자와 난자가 언제나 존재한다. 정자와 난자의 세계에는 죽음이 없다. 생 식세포야말로 영원히 존속하는 유일한 존재라고 학자들은 말한다.

빙산의 9할은 바다 속에 잠겨 있고 1할 정도만 물 밖으로 나와 있다. 인간을 빙산에 비유하지면 우리의 의식은 물 밖 으로 나와 있는 1할에 불과하다. 수면 위에는 밝은 태양이 비친다. 우리의 의식도 태양처럼 밝고 환하다. 그래서 우리 는 그 의식의 밝음을 의지하고 생활하는 것이며, 이것이 우 리가 사는 세상이려니 짐작하는 것이다. 그러나 9할이나 되

는 빙산의 뿌리를 물 밑의 어두운 세계가 적시고 있으니 무의식이 인간의 생활에 영향을 미치지 않을 수 없다.

우리는 사춘기를 맞이하고 사랑을 하고 결혼을 하고 아이를 낳고 그 아이들을 기르면서 한 평생을 보낸다. 이 모든 과정은 우리가 원해서가 아니라 물 밑 세계의 명령에 의해서 이루어진다. 물밑의 정자와 난자의 세계는 우리에게 말로서 명령하는 것이 아니라 본능이라는 내적인 충동으로 우리를 지배한다.

생식세포의 세계는 참으로 깊고 오묘하다. 벚꽃이 활짝 피어서 구름처럼 나무를 덮고 있을 때는 꽃의 아름다움에 취하여 꽃이 피는 의미를 깨닫지 못한다. 하지만 벚꽃이 눈송이처럼 다 지고 얼마나 지난 후에 그 자리에 버찌가 까맣게 익어갈 때야 비로소 벚꽃이 왜 그렇게 화사하게 피어났는지 그 의미를 되새겨 보는 눈이 뜨인다. 우리의 이성은 그러한 것을 어느 정도 꿰뚫어 볼 수 있는 힘이 있다. 그러나 문제는 인간의 삶이 일시적인 것이라는 점, 영원한 존재는 오히려 정자와 난자 같은 생식세포라는 점이다. 이것은 인정해야 한다. 성적인 본능도 버려서는 안 된다. 본능은 우리에게 얼마나 황홀한 기쁨을 안겨 주는가. 그것은 이성의 빛이 줄 수 있는 것이 아니다. 남녀간의 사랑은 얼마나 아름다운가. 잘못된 사랑은 추하지만 사랑하는 사람 사이에서는 성행위도 아름답다.

나는 우리의 발 뿌리를 적시고 있는 난자와 정자의 바다를 들여다보며 한편으로는 경탄하고 또 한편으로는 영원히 존속하는 것은 인간이 아니라 생식세포라는 점에서 깊은 슬픔을 느낀다. 그렇다고 그 외에도 무언가 더 밝고 영원한 것이 있을 것이라는 희망을 포기하지는 않는다. 🍀

좋은 생각

의식의 세계가 하찮다고 말하려 함이 아니다.
의식의 빛이야말로 우주에서 가장 밝은 태양이다.
아직은 충분히 밝지 못하지만 그래도 우리의 발 밑을
비추어 보면서 정자와 난자의 세계를
가늠하고 있는 것도 바로 의식의 빛이다.

밝고 영원한 존재

쥐불놀이

정월대보름이 되면 들녘의 논둑이나 밭둑에 불을 지르고 밤에는 불깡통을 휘휘 돌리던 어린 시절의 추억이 기억 저편에 머문다. 불을 놓아 마치 시뻘건 뱀이 기어 다니는 것처럼 보였던 고향의 논둑, 불붙은 쇠똥을 깡통에 넣고 돌리면서 함께 뛰어다녔던 친구 녀석들…. 그맘때쯤이면 논둑이 연기를 내며 까맣게 그을어 가는 풍경을 자주 볼 수 있다. 그래서 겨울이 지나고 봄을 맞이하면 들녘은 온통 먹빛으로 물들게 된다.

아이들이 불놀이를 하는 것은 위험한 일이다. 산불을 낼 수도 있고 초가집에 옮겨 붙을 가능성도 있다. 그럼에도 불구하고 어른들은 쥐불놀이 하는 아이들을 말리지 않는다. 쥐불놀이는 재미있을 뿐만 아니라 매우 유익하기 때문이다.

말라비틀어진 풀줄기를 태워서 재로 만들기 때문에 물질의 순환을 빠르게 해준다. 뿐만 아니라 풀줄기 속에 숨어서 월동을 하는 농작물의 해충들을 죽이는 효과도 있다. 현명한 농부들은 그것을 잘 알고 있기 때문에 아이들을 말리기는커녕 일부러 부추겨서라도 들판에 불을 지르게 하는 것이다.

그런데 왜 쥐불놀이라고 부르는가? 쥐를 잡는 일도 아니고 쥐를 쫓는 일도 아니다. 들쥐들은 굴 속에 깊숙이 들어가 있어서 그 정도의 불길로는 끄떡도 없다. 쥐들을 놀라게 하여 쫓아낸다는 뜻인가? 그 이유는 잘 알 수 없으나 어떻든 쥐불놀이라는 말도 전혀 틀린 것은 아닌 것 같다. 쥐불놀이와 들쥐와는 어느 정도 관계가 있을 거란 생각이 드는 것이다.

들쥐라고 하면 대부분이 등줄쥐이다. 물론 그 외에도 비단털쥐나 멧밭쥐 같은 몇 가지 종류가 더 있지만 우리나라 들쥐의 태반은 등줄쥐라는 놈이다. 등줄쥐는 등에 검은 줄 하나가 머리에서 꼬리까지 이어져 있어서 쉽게 알아볼 수 있다. 이놈들은 굴 속에 벼이삭이나 곡식 알갱이를 저장하여 겨울을 난다. 쥐가 벼의 줄기를 기어오르면 쥐의 무게에 의해서 이삭이 굽어져 땅에 닿는다. 그러면 쥐는 땅에 발을 디딘 채로 이삭의 밑동을 잘라서 집으로 가져가는 것이다.

등줄쥐는 사람에게 여러 가지 질병을 옮기는 동물로서 유행성출혈열, 쯔쯔가무시병 같은 치명적인 질병을 매개한다. 그 중에서도 쯔쯔가무시병은 쥐를 흡혈하는 털진드기가 옮기는 것으로 알려져 있다. 털진드기들은 눈에 겨우 보일 만큼 작은 벌레인데 보통 때는 풀밭에 살지만 3, 4월이나 8, 9월에 쥐를 만나면 들러붙어서 피를 빤다. 때로는 사람에게 붙기도 하는데 그때 병균이 사람의 몸속에 들어가면 고열이 나고 심하면 사망하게 된다. 다른 병들은 줄어드는 반면 이 병은 근년에 들어서 더욱 증가하고 있다.

그래서 생각해 보는 것인데 겨울에 쥐불을 놓으면 마른 풀이 타므로 풀 속에 숨어 있던 털진드기들도 자연히 줄어들게 될 것이다. 따라서 쥐불놀이는 쥐가 옮기는 질병으로부터 농부들의 생명을 지키는 결과가 되는 셈이다.

젊은이들이 빠져나간 지금의 농촌에는 쥐불을 놓을 아이들 역시 많지 않다. 그것이 요즈음 들어서 쯔쯔가무시병이 부쩍 증가되는 원인인지도 모르는 일이다. 돌이켜보면 쥐불놀이라는 허가된 방화가 얼마나 즐거웠던가. 그러나 이제는 우리의 들판도 예전 같지 않다. 🍀

좋은 생각

우리 조상들의 지혜가 깃들어 있는 전통 민간놀이가
어디 쥐불놀이뿐이랴. 삭막한 도시에서 하늘 한 번 올려다
볼 겨를도 없이 바쁘게 살고 있는 우리네 삶이,
점점 사라져가고 있는 전통 문화만큼이나 안타깝다.

다이아몬드

황금을 보기를 돌같이 하라. 그런데 이 반
짝이는 돌은 다시 무엇으로 보아야 하나? 꿈과 같고 환상과
같으며, 거품과 같고 그림자와 같으며, 이슬과 같고 번개와
같으니…. 맑고 영롱하기가 부처님의 눈동자 같다. 🍀

좋은 생각

살아있는 인간의 말보다 말없는 보석이 여자의 마음을 쉽게
움직인다는 셰익스피어의 말에 반박할 용기는 없다.
그러나 때로 진실한 사랑의 속삭임이 희귀하고 값비싼
보석보다 더 아름답다는 믿음까지 잃어버리고 싶지는 않다.